바람 소리 들어 봐

바람 소릴 들어 봐

1판 1쇄 발행 | 2013년 5월 25일

지은이 | 남순자
발행인 | 이선우
펴낸곳 | 도서출판 선우미디어

등록 | 1997. 8. 7 제300-1997-148호
110-070 서울시 종로구 내수동 75 용비어천가 1435호
☎ 2272-3351, 3352 팩스: 2272-5540
sunwoome@hanmail.net
Printed in Korea ⓒ 2013. 남순자

값 10,000원

※ 잘못된 책은 바꿔 드립니다.

※ 저자와의 협의하에 인지 생략합니다.

ISBN 89-5658-349-5 03810

남순자 수필집

바람 소릴 들어 봐

수필은 청량한 바람

수필은 내 인생의 청량한 바람이다.

그것은 흐렸던 나의 젊은 날을 맑음으로 바꾸어 놓았기 때문이다. 삶이란 때로 평범한 일상에서 느닷없이 커다란 전환점을 긋고 간다. 삼십 대 중반, 한쪽 날개를 잃은 그 혹독한 시기를 나는 책과 함께 보냈다. 이야기책을 좋아하셨던 아버지 덕에 쉽게 책을 접할 수 있었지만, 급작스럽게 바뀐 환경에서 무엇을 어떻게 해야 할지 그 막막함을 견디는 방편이었다.

책은 좋은 친구가 되어 주었다. 내 삶의 좌표가 될 만큼 의미 있는 책을 만났고 책을 통해 다른 사람의 인생을 엿 보기도 했다. 그리고 작가마다의 독특한 향기가 있음을 알게 되었다. 나는 책이라는 창을 통해 많은 것을 습득할 수 있었다. 그동안 책을 가까이 했다는 것, 그것은 나 자신을 칭찬해 주고 싶은 단 한 가지의 덕목(德目)이다.

삶의 고단함과 나의 작은 소망을 글로 써 내려갔다. 산다는 것은 무엇이며 인생이란 무엇인가, 나름대로 사유(思惟)의 뜰을 거닐며 침묵했다.

나의 글이 솔직함을 띠고 있는 것은 마음속에 있던 앙금을 풀어낸 것이다. 고여 있는 물을 퍼내면 맑은 물이 다시 고이듯 글을 쓰고 나면 정화된 마음으로 세상을 바라볼 수 있었다.

이른 아침 가까운 산행으로 하루를 연다. 쌓인 낙엽을 밟으며 오르는 산은 늘 새롭다. 봄을 준비하는지 다람쥐 한 쌍이 부산하다. 글을 쓴다는 것은 안개가 자욱한 산길을 오르기처럼 어렵다. 그러나 혼신을 다해 쓴 글이 활자화되면 그 충만감은 기쁨으로 이어진다. 그간에 썼던 글을 모아 보니 문학지에 발표했던 글들과 여행기, 동네신문 귀퉁이에 기고했던 글들이다.

막상 부족한 글을 세상에 내놓으려 하니 긴장이 된다. 나의 소박한 바람은 독자가 내 글을 읽으며 한번쯤 빙그레 웃어만 준대도 감사하기 그지없다.

수필가란 이름을 얻기까지 무지했던 작가적 감성을 깨워 주신 임선희 선생님 영전에 머리 숙여 감사드리며 글공부를 권해 주신 반숙자 선생님, 그리고 나의 삶을 따뜻한 시선으로 지켜봐 준 모든 분들께 진심으로 감사의 말씀을 전한다.

2013년 봄에

남순자

수필로 그린 자화상

　첫 수필집을 내는 남순자 작가와는 동향(同鄉)입니다. 오랜 세월 생활은 떨어져 살았지만 마음의 그림자는 서로에게 깊게 드리워진 사이입니다. 그가 어린 딸 세자매를 가슴에 안고 서울에서의 삶을 힘들어할 때, 원고지와 볼펜을 보내며 글공부를 권했습니다. 황무지 같은 삶터에서 살아남기 위해서는 그를 버텨 줄 지주목이 꼭 있어야 한다고 생각했기 때문입니다. 그리고 오랜 세월 말없이 지켜보았습니다. 이제 삼십 년, 아이들은 잘 자라 자기들 세계를 꾸리고 작가는 수필의 길로 들어서 존재의 가치를 보여 주고 있습니다.

　자화상이라는 제목을 붙이고 보니 떠오르는 화가가 있습니다. 누구보다도 자화상을 많이 그린 화가로 독일 미술의 아버지라 불리는 사람입니다. 르네상스 시대 독일의 대표적 화가로 당대의 거장들 틈에서 〈모피 코트를 입은 자화상〉으로 화공에서 미술가로 대전환하여 각광받은 화가 알브레히트 뒤러입니다.

　나는 누구인가라는 물음에서 출발하는 것이 자화상이라면, 인생의 의미를 재발견하는 수필과도 맥을 같이하여 수필가들이 써낸 글도 바로 자화상이 아닐까 싶습니다. 수필은 그 작가가 살아온 체험의 형상화입니다. 바로 작가 인생의 함축이며 철학이며 꿈이며 사랑입니다. 수필집 한 권을 읽으면 작가의 생애가 보이고 꿈이 보이고 차마 못 그린 애환까지도 알게 됩니다. 그래서 수필은 글로 그린 자화상이라 해도 모자람이 없을 것입니다.

이번에 첫 수필집을 내는 남순자는 자기만의 색깔을 알고 자신만의 방법으로 수필을 쓰는 작가입니다. 일상성에서 출발하지만 한발 깊이 들어가는 사유가 있고 통찰이 있습니다. 그의 작품을 보면 두 갈래의 물줄기가 보입니다. 한 줄기는 비바람 몰아치는 세상에 혼자서 세 딸을 보듬는 모성의 발로이고, 다른 하나는 자기 인생의 최대치를 희구하고 실현하는 긍정의 미학입니다. 이러한 요소들이 소재가 되어 탄탄한 문장으로 의미를 전달하고 있다 하겠습니다.

그는 노력하는 작가입니다. 독서를 통하여 동서고금의 위대한 분들과 소통하고 엑기스를 받아 자신의 철학을 창조하는 노력파입니다. 또한 창작의 지평을 넓히기 위해 다양한 취미활동을 합니다. 깊이 세상을 알고자 실버 기자로 활동하여 노인들의 기대치를 높여주고 있습니다. 언제 어디서든 자신에게 주어지는 일상을 뜨겁게 끌어안고, 최선을 다해 살아가는 모습은 굳세고 아름답기까지 합니다.

어머니의 글과 딸의 디자인으로 조화된 아름다운 첫 수필집 상재를 진심으로 축하합니다. 이 수필집은 열심히 살고 뜨겁게 사랑한

한 여인의 노래입니다.

'나는 예술가다' 라고 자화상으로 세상을 향해 외친 알브레히트 뒤러처럼 남순자 수필가도 이 한권의 수필집으로 승리의 반향(反響)이 있기를 바랍니다.

2013년 새봄 반숙자

남순자 수필집

바람 소리 들어 봐

|차례|

오늘도
당신 거예요

오늘도
당신 거예요

아침 공기가 청량(淸涼)하다.

유난히 뜨거웠던 여름을 보내고 맞는 가을 아침이다. 시흥2동에 있는 호압사(虎壓寺) 입구에서 오른쪽으로 이십여 분 올라가면 잣나무 숲이다. 간간이 의자가 설치되어 있고 널찍한 평상도 있어 나는 이곳에서 잠깐 숨을 고른다. 요즘은 다람쥐보다는 청설모가 쉽게 눈에 띈다. 평상에 앉아 쉬고 있는데 뭔가 '툭' 떨어지는 소리가 들려 돌아보니 잣송이다. 반쯤은 까먹고 반쯤은 남아 있다. 얼른 주워 보니 솔 향이 대단하다. 헌데 언제 왔는지 청설모 한 마리가 내 주위를 돌다가 까만 눈으로 나를 빤히 바라보고 있다. 먹다가 떨어트린 녀석인 모양인데 좀처럼 물러날 기세가 아니다. 향기가 좋아 갖고 갈까 했는데 마치 내놓으라는 듯 끈질기게 나를 보고 있다.

"너는 또 따서 먹어."

분명하게 말을 했는데도 통하지 않는다. 어쩔 수 없이 열매가 떨어진 그 자리에 도로 놓으니 잽싸게 물고 나무 위로 올라간다.

아침 햇살과 안개가 만나는 이 숲 속의 아침풍경은 청아하기 그지없다. 풀섶에 달린 이슬과 깨어나는 숲을 보고 있노라면 몇 해 전에 감동으로 읽은 책의 주인공 모리가 생각난다.

서너 해 전, 막내가 추석이라고 보내온 상자에는 선물과 함께 〈모리와 함께한 화요일〉이란 책이 들어 있었다. 모리 슈워츠, 그는 브랜다이스 대학에서 사회학을 강의하는 대학교수였다. 1994년 루게릭병을 얻어 더 이상 강의를 할 수 없을 때 제자 미치와의 재회로 이야기는 전개된다. 비록 몸은 굳어 갔지만, 마음만은 여전히 건강했던 모리 교수는 삶의 진정한 의미와 죽음을 맞는 과정을 열정적으로 들려준다. 사랑하는 사람들을 위해 자기를 둘러싼 지역사회를 위해 그리고 자기에게 목적과 의미를 주는 일에 자신을 바치라고 제자 미치에게 말한다.

미치와 모리는 삶과 죽음에 대해 많은 이야기를 나눈다. 그리고 병이 깊어져 몸을 전혀 움직이지 못하는 스승님께 묻는다.

"24시간만 건강해진다면요?"

"산책을 하겠네. 나무가 있는 숲으로 가서 여러 가지 나무도 보고 새도 구경하면서 오랫동안 보지 못한 자연에 파묻히겠네."

하고 싶다는 일이 몇 가지 더 있었으나 모리 교수는 숲을 그리워했다. 책을 읽은 지 여러 해 되었지만, 나는 숲 속을 거닐때면 모리 슈워츠가 생각난다. 그리고 별생각 없이 보내는 하루가 세상을 떠나는 사람에게는 얼마나 소중한 하루인가를 새삼 느끼게 된다.

지금을 소중하게 느끼지 못하는 것은, 현재의 내가 과거와 미래에서 살고
있기 때문입니다. 미래를 생각하면 불안하고 과거를 생각하면 후회뿐
이지요. 지금, 오늘이 중요합니다.

불국사 성타 스님의 법어가 떠오른다. 생각해 보면 누구나 알고
있는 일인데도 우리는 때때로 잊고 산다. 그러므로 어제도 내일도
아닌, 오늘을 참으로 소중하게 살아야 하겠구나 하는 생각을 한다.
능선을 돌아 하산하는 길은 FM라디오 음악 방송을 듣는다.
오늘따라 진행자가 내 맘과 똑같은 끝인사를 한다.
"청명한 가을 날씨입니다. 즐거운 마음으로 하루를 시작하세요.
오늘도 당신 거예요."

꽃길 따라 페달을 밟는다

긴 둑길에 하얀 망초꽃이 무리 지어 피어 있다.

바람을 가르며 나는 자전거 페달을 밟는다. 달이 뜰 때쯤 핀다는 달맞이꽃, 넝쿨로 뻗어서 군락(群落)을 이룬 분홍색 메꽃, 억새는 내 키를 넘어 가을을 예고한다. 코스모스가 피기 시작했고 해바라기도 입술을 열었다. 봄에 피었던 유채는 씨를 잔뜩 안았고 엉겅퀴, 민들레, 명아주, 모두 반가운 얼굴들이다.

꽃길을 따라 달린다. 칠월 초 장마라 하더니 잠깐 소강상태다. 해는 구름 속에 숨어 쾌적한 날씨, 천변 풀을 깎는 아저씨들 덕분에 풀 향기가 진하다. 비가 온 뒤라 물이 많아진 개천에는 백로 두 마리가 수초 속을 뒤지고 있다. 페달을 밟으면 밟을수록 시원하다. 아니 가슴 속까지 시원했다. 머플러가 날린다. 나는 모자 끈을 단단히 조였다.

"와, 좋다."

감탄사가 절로 나왔다. 앞서 가는 친구는 초보가 잘 따라온다고 엄지손가락을 높이 치켜든다. 금천대교를 지나 철산교, 광명대교, 그리고 오목교가 보인다. 엄마와 딸이 메밀꽃이 핀 모퉁이를 돌아가고 친구 사이인 듯 젊은 아낙들이 앞서거니 뒤서거니 이야기를 하며 페달을 밟는다. 간간이 쉴 수 있는 의자가 있고 식수도 있다. 친구와 나는 코스모스가 피어 있는 벤치에서 잠깐 숨을 돌린다.

사십 대 중반에 나는 자전거 타기를 시도한 적이 있었다. 헌데 둔해서 그런지 뜻을 이루지 못했다. 그리고 그것은 생각만큼 만만치가 않았다. 웬일인지 자전거에만 오르면 두려움이 앞섰다. 차가 오면 마음은 졸아들고 장애물이 나타나면 피해야지 하면서도, 결국은 그쪽으로 가서 들이받고 다리엔 온통 멍이 들었다. 그리하여 체념한 터였다.

'안양 천변에 아름다운 꽃길이 생겼다' 는 문구가 지역 소식지에 실렸다. 나는 저녁을 이르게 먹고 동생이랑 꽃구경을 나갔다. 시흥대교를 건너 둑을 내려가니 천변(川邊)이 말끔하다. 산책하는 길이 있고 그 옆에는 자전거 전용도로가 길게 뻗어 있다. 키 작은 채송화가 보이고 빨간 봉선화도 있고 길섶에는 낯익은 꽃들이 다소곳이 피어 있다. 한강으로 유입되는 안양천은 잔잔하게 여울지며 흘러간다. 언뜻 유년의 고향 냇가가 떠오른다. 어디선가 맹꽁이가 울었다.

"어머, 맹꽁이 아냐?"

"그러네, 시골에서나 들었는데."

동생과 나는 놀랐다. 이곳에서 맹꽁이 소리를 듣다니 반가웠다.

한강 둔치까지 이어져 있다는 이 자전거 길을 나는 달려 보고 싶었다.

다시 한 번 도전이다. 안장이 낮은 자전거를 장만했다. 연습할 때는 두꺼운 바지를 입고 그 속에 내복 하나를 더 껴입으란다. 다치는 것을 염려하는 친구 말이다. 시장 볼 때도 가벼운 볼일도 늘 자전거를 타고 다니는 친구, 그래서 부러웠던 그 친구의 도움을 받기로 했다. 올라타고 내리는 것과 브레이크 잡는 것, 그리고 평행감각을 익히는 것 등 몇 가지 설명을 들었다. 핸들을 잡고 불안해하는 나를 보고 한마디 한다.

"자동차 운전은 잘하는 사람이 겁도 많네."

"이 친구야, 자동차는 네 발이고 자전거는 두 발이잖아."

나는 자전거를 끌기도 하고 타기도 하면서 아파트 마당을 돌았다. 이른 새벽과 늦은 저녁 차가 다니지 않는 한가한 시간을 골랐다. 어쩌다 사람을 만나면 제자리에 서 있고 차를 만나도 멈추었다. 열흘쯤 지났을 때 어느 정도 감을 잡을 수 있었다. 조금씩 즐거움이 따랐다. 드디어 오늘 한강 둔치로 목표를 정하고 출발한 드라이브 길이다. 자전거 길을 따라 달리는 길은 꽃들로 이어졌다. 뿐인가, 자전거 라이딩을 즐기는 사람들은 활기가 넘쳤다.

"바람돌이 같네."

친구 말이 끝나기도 전에 긴 행렬은 사라져 간다. 천변을 따라 이어져 있는 갈대숲과 롤러 스케이트장, 공연할 수 있는 공간을 조성하느라 작업이 한창이다. 그리고 많은 사람이 담소하며 걷거나 뛰거나 자전거를 타거나 했다. 바쁜 일상을 뒤로하고 한가한

시간을 즐기는 시민들이 보기 좋았다. 곧 도착한다는 말을 들으며 부지런히 따라간다.

"초봅니다. 길 좀 비켜 주세요."

앞서 걷던 사람들은 선뜻 비켜 준다. 핸들 앞에 울리는 벨이 있건만 아직은 말이 더 빠른 것을 어찌하랴, 이대목동병원이 저만큼 보이고 모퉁이를 돌고 나니 안양에서부터 흐르는 물이 합수(合水)되는 한강이다. 확 트인 시야에 강물은 넘실대고 건너편 하늘공원이 보인다.

적지 않은 이 나이에 해냈다는 성취감이 나를 조금 들뜨게 했다. 기분이 좋았다. 바람을 가르며 페달을 밟는 것, 그것은 즐겁고 유쾌한 일이었다. 그리고 통쾌했다. 운동과는 거리가 먼 내가 이렇게 해내고 보니 누군가에게 권하고 싶은 생각이 들었다. 기분이 우울하거나 몸이 처지는 날은 자전거를 타 보라 하고 싶다. 그리하여 온갖 꽃들이 하는 말을 들어 보라. 새로운 경험은 또 하나의 기쁨이었다.

맑은 물이 흐르고 달맞이꽃이 피었던 내 고향, 이맘때면 친구들과 거닐었던 둑길, 그 둑길을 나는 여기서 본다. 꽃길 따라 페달을 밟는 내 눈앞으로 20년 전 두고 온 고향이 선하게 다가온다.

그럴 수도
있지 뭐

"필승!"

인사하는 목소리가 새벽 공기를 가른다. 나도 웃으며 그를 따라 거수경례를 한다. 우리 동네 삼성산 시흥계곡에 있는 배드민턴구장의 아침 풍경이다. 어제 내린 눈으로 산은 눈꽃이 피었다. 오랜만에 만나는 겨울의 절경(絕景)이다. 까치는 이 눈 속에 무엇을 먹고 사는지 눈가루를 뿌리며 둥지위로 날아든다. 넓은 천막이 씌어진 이곳은 벌써 장작이 활활 타고 있다. 일찍 나온 회원이 난로에 불을 지펴 주전자에선 물이 끓고 있다. 커피나 혹은 쑥차를 마시며 이야기가 한창이다.

이곳 회원이 된 것이 십여 년 전 일이다. 작은 키에 통통한 몸무게는 여러 가지 증상을 몰고 왔다. 누우면 숨이 찼고 관절이 시큰거렸다. 집요한 편두통도 찾아왔다. '아무래도 운동을 해야겠구나.'

나는 작심을 했다.

아파트 단지 내에서 혹은 약수터에서 배드민턴을 즐기는 모습을 보면 그리 어려울 것 같지 않았다. 그래서 쉽게 시작을 했다. 공을 능숙하게 다루는 선배들이 코치해 주었다. 라켓을 잡는 법과 공을 다루는 방법, 그리고 난타를 쳐 주었다. 멀리 보내는 하이 클리어, 네트를 살짝 넘기는 헤어핀 크로스, 열심히 하는데도 공을 자주 놓친다. 무엇보다도 중요한 것은 어깨에 힘을 빼고 손목으로 쳐야 하는데 자꾸만 힘이 들어갔다.

해가 바뀌면서 나는 게임에 합류하게 되었다. 남녀가 짝을 지어 하는 혼합복식 게임이 있고 같은 성(姓)끼리 짝을 지어 하는 복식게임이 있다. 셔틀콕을 칠 때의 묘미는 찬스 볼이 왔을 때 빈자리에 꽂아 버리는 스매싱이다. 그 외도 길게 보내고 짧게 넘기고 게임이 시작되면 숨차게 뛰어야 한다. 상대 팀이 우리 페이스에 말려들면 승리는 눈에 보인다. 이론에는 나도 도사다. 그러나 생각대로 몸이 따라주질 않는다. 내가 받아야 할 공을 놓치고 파트너가 쳐야 할 공을 터치해서 미안해 웃는다.

일 년에 한 번 대회가 열리는데 지난 가을이었다. 8개의 클럽에서 나온 선수가 300여 명, 그날은 동호인들의 잔치였다. '사회인 배드민턴 대회' 상수리나무에 걸어놓은 현수막처럼 남녀노소 함께 어울리는 자리다. 시합은 시작되었고 나는 삼승까지 가서 간신히 은메달을 목에 걸었다. 그것도 파트너 덕분이었다.

"여사님, 은메달 축하해요."

"예, 감사합니다."

대답은 그리했지만 좀 민망했다. 사실 나와 같은 무렵 입회한 회원들은 금메달을 목에 건 지 오래되었기 때문이다. 나는 유난히 운동 신경이 둔했다. 어린 시절 운동회 때, 그 흔한 연필과 노트를 한 번도 타 보지 못했다. 죽을힘을 다해 달려도 꼴찌만 면할 뿐, 그래서 늘 아쉬움만 남아 있었다.

첫아이를 학교에 보내 놓고 처음으로 열리는 운동회였다. 새벽잠을 설쳐 가며 김밥을 싸고 밤도 삶고 점심을 서둘러 장만을 했다. 딸아이의 달리기 경기를 놓치고 싶지 않아서다. 본부석 옆에 잘 보이는곳에 자리를 잡았다. 저학년 달리기는 처음 순서로 펼쳐지는 매스게임이 끝나고 바로 이어졌다. 드디어 딸아이 반이 달렸다. 출발신호가 울렸는데 웬일인지 딸애가 보이질 않았다. 앞에서 달려온 아이들은 골인했고 출발지점을 살펴보니, 두리번거리며 세상 구경 다 하고 꼴찌로 들어오는 것이 아닌가, '모전여전이라더니 엄마보다 더하네!' 나는 혼자 중얼거렸다.

"그 집 딸이 꼴찌로 들어오더라고."

"세상 구경 하느라고 그럴 수도 있지 뭐."

옆집 엄마 말에 대답은 그렇게 했어도 나는 민망해 또 웃었다.

"남 여사가 12년 만에 은메달을 땄지 아마."

"예, 맞습니다."

70을 넘기신 노장은 내 운동 실력을 알고 있는 터라 재미있다는 표정으로 나를 본다. 나이 어린 후배가 그런 말을 했다면 뭐라고 한마디 했을 터인데 둔해서 그런 것을 인정할 수밖에. 남들은 날렵하게 잘도 하는데 타고난 것이 그런 것을 어찌하겠는가. 그러나 나는 체중도 줄고 숨찬 증세도 없어져 지하철역 계단도 문제없다. 그뿐만이 아니라 서너 게임을 하다 보면 일상에서 받는 스트레스도 단박에 사라진다. 그리고 이제는 봄 여름 가을 겨울, 자연의 숨소리를 들으며 아름다운 사계에 묻혀 산다. 산에서 내려오며 길동무에게 한 말이다.

"내가 둔하긴 하지, 좀 부끄럽더라고."

"괜찮아, 메달 좀 늦게 따면 어때. 그럴 수도 있지 뭐."

하긴 인생을 살다 보면 '그럴 수도 있지 뭐' 라고 자신을 위로 할 일이 얼마나 많은가. 나는 또 한 번 나를 위로하며 깍깍대는 까치의 인사를 뒤로했다.

햇볕 가득한 오후

오전 열 시가 되면 거실에는 햇볕이 가득하다.

그 해님은 돌아서 오후 두 시쯤 내 방으로 찾아온다. 살구색 커튼을 통해 들어온 햇볕은 마치 무대 조명등을 켜 놓은 듯 방안이 환하다. 문갑 위에 춘란(春蘭)은 봄을 기다리고 있는데, 햇볕을 받아 난 잎은 푸름으로 더욱 반짝인다. 나는 이럴 때 좋아하는 음악을 듣거나 차 한 잔을 마신다.

요즘 햇볕을 마주하면 새삼스레 고맙다는 생각이 든다. 아파트 뒤로는 그리 높지 않은 산이 있고 앞으로 조금 나가면 내(川)가 흐르는 안양천이다. 꽤나 많은 세월을 살았는데 지금처럼 남향집에서 살아보긴 처음이다. 젊은 날은 일하느라 바빴고 추운 기운이 들어온다는 북향집만 피했지, 집값이 더 나가는 남향집을 택하기에는 부담도 되었고 또 크게 관심을 두지 않았다.

예로부터 '남향집에 살려면 3대가 적선을 해야 한다.' 는 속담이 있는데, 이곳에 살면서 사계절을 맞고 보니 왜 그런 말이 있는지 조금은 알 수 있을 것 같다. 무엇보다 여름에는 시원하고 겨울에는 따듯하다. 그래서 남향집을 길(吉) 한집으로 꼽았나 보다.

언젠가 과천미술관에서 보았던 오지호의 '남향집' 풍경이 떠오른다. 햇볕이 쏟아지는 오후, 빨간 원피스를 입고 대문을 나서는 단발머리 소녀와 담벼락 아래 낮잠을 즐기는 흰둥이를 보면 내 유년의 고향이 떠오른다. 그 담벼락 앞에 옹기종기 앉아 소꿉놀이했고, 공기놀이했던 어린 동무들이 보인다.

지구의 건강상태가 예전 같지 않아 대체로 일사(日射)량이 적어진 것 같은 느낌이 든다. 지난여름은 많은 비가 내려서 피해도 컸지만, 볕을 보기가 정말 어려웠다. 햇볕의 고마움을 모르는 이가 어디 있을까만, 나는 이 겨울 무량으로 쏟아지는 볕이 마냥 고맙기만 하다.

어느 문학지에 '햇볕이 소중해 한여름에도 양산을 쓰지 않는다.' 는, 노(老) 작가의 글을 읽은 적이 있는데, 그 문구를 보며 나도 모르게 미소를 지었다.

나이가 들면 소중한 것이 많아지는가 보다.

이 겨울, 찾아온 햇볕에 나도 행복하다.

오지호 [남향집] 1939

캔버스에 유채 ｜ 80x65cm ｜ 국립현대미술관

꿈꾸며
준비하며

어쩌다 잠을 놓친 날은 새벽 두 시까지 뒤척인다.

약간의 위궤양 증세로 어김없이 속이 쓰려온다. 이럴 때 우유 한 잔을 따뜻하게 데워 마시고 잠을 청하면 신통하게 한숨 잘 잔다. 냉장고에 있는 우유를 전자레인지에 데운다. 따뜻한 온기를 감싸 쥐고 한 모금 마실 때면 나는 이 우유 한 잔에 행운을 잡았던 흑인 청년이 떠오른다. 다큐멘터리 미국 소설 〈뿌리〉의 한 토막이다.

1915년 겨울, 그는 학비를 벌기 위해 버펄로에서 피츠버그로 가는 야간열차에서 일하고 있었다. 벨이 울리면 승객들의 시중을 들어주기도 하고 승하차를 돕는 임시 짐꾼이다. 사람들은 기차에서 내리며 청년에게 은전 한 닢을 준다.

어느 날 새벽 두 시쯤 벨이 울렸다. 손님은 잠을 이루지 못하는 아내를 위해 따뜻한 우유 한 잔을 부탁했다. 그러나 달리는 기차

안에는 덥힐 만한 기구가 없었다. 기관실로 휴게실로 다니며 가까스로 우유를 데워 건네주었다. 이튿날, 덕분에 아내가 잠을 잘 잤다며 손님은 고마워했고 몇 마디 주고받은 대화에서 이 흑인 청년이 코넬대 학생이라는 것을 알게 된다. 목적지에 도착한 손님은 흰 봉투 하나를 주었는데 그 속에는 후한 팁이 들어 있었다.

이듬해 등록을 해야 했으나 그동안 모았던 돈은 턱없이 부족했다. 학장실을 찾아가 다음 학기까지 연기해 줄 것을 청했는데 뜻밖에도 일 년 분의 학비와 책값, 그리고 기숙사비까지 모두 완불되었다는 것이다. 바로 기차에서 만난 그 손님이었다. 이 일화는 소설을 쓴 저자 알렉스 헤일리의 아버지 고학시절 이야기다.

새벽녘의 속 쓰림을 달래며 나는 소설 속의 부인 생각을 해 본다. 어쩌면 증세가 나와 같았을지도 모른다. 그렇다면 그 따뜻한 우유 한 잔의 고마움을 알 것만 같다. 더구나 긴 여행 중이었으니. 내가 오래도록 이 소설을 잊지 못하는 것은 꿈을 향한 청년의 끈질긴 준비와 남을 배려하는 착실함이 잡아 준 행운의 기회 때문이다. 그리고 그는 끝내 소망하던 꿈을 이루어 흑인 노예해방에 큰 업적을 남긴다.

소설 속의 주인공처럼 특별한 경우를 제외하고 일상적인 삶에서 뜻밖의 행운을 만나기란 결코 쉽지 않다. 그러나 자신의 꿈을 향해 끊임없이 준비한다면 그것은 언제고 성취하게 됨을 우리는 알고 있다. 다만 부단한 노력과 인내가 있어야 하기에 가끔은 고달프다.

나이와 관계없이 꿈을 갖고 있다는 것은 얼마나 귀한 일인가, 나 역시 오랫동안 글쓰기를 꿈으로 간직하고 있었다. 직업을 갖고 아이들을 키우면서 틈틈이 서점을 찾았다. 쉽게 읽히는 책부터 골랐다. 좋은 글을 만나면 내면(內面)에 감동이 일었다. 줄을 긋고 노트에 옮겨 적어 보고 공부하기를 수년, 드디어 발표할 수 있는 지면과 수필가라는 이름을 얻었다. 그것은 온전히 나만의 기쁨이었다. ‘준비하는 사람에겐 기회가 온다.’ 라는 말은 흔히 하는 말이다. 그러나 그것은 실천에 옮겼을 때 그 기쁨을 경험하게 되는 것이다.

입춘이 지나고 바람이 부드럽다. 살아 있는 모든 것들은 생명의 등불을 밝힐 것이다.

풀 한 포기 햇살 한 점 나무 한 그루, 이제는 모두가 새롭게 다가선다. 글을 쓴다는 일은 끊임없는 관찰이라고 했다. 글다운 글을 쓸 수 있을지 생각하면 두려움이 앞선다. 그러나 나는 이 봄에 또 하나의 꿈을 품는다. 좋은 글을 향해.

아름다운 눈물

봄을 안고 있는 이월이다.

나는 오늘 박사 학위를 받는 시상식에 초대되어 가는 길이다. '앰버서더 호텔' 이 층 연회장에는 축하 메시지가 걸려 있다.

〈명예경영학박사 학위수여식〉 단상 위에 걸려 있는 플래카드 아래 주인공의 함자가 보인다. 홀에는 기업인들과 축하객으로 가득하다. 왼쪽 벽면에 걸린 화면에는 회사와 공장 내부, 그리고 가족사가 영상에 나왔다. 잠시 후, 학위 수여식은 시작되고 내빈 인사에 이어 연혁(沿革)보고와 함께 학위수혜자 프로필을 소개한다.

열다섯 살 소년이 기계공으로 출발하여 기업인으로 꿈을 이루게 된 역사가 차례대로 소개되었다. 한국 전쟁을 겪고 기아산업 기공부에 입사하여 일급 기능사 자격증을 취득했고, 1970년도에는 금속부문에서 금메달을 받았다. 그뿐만이 아니라 전국 정밀도 경진

대회에서 최우수 금상을 두 번이나 연속 받았다고 한다.

경기도 화성시에 있는 (주)효진오토테크는 삼십여 년 자동차 국산화를 위해 매진해 온 대표적인 회사다. 국산자동차 개발과 차체를 검사하는 로봇시스템을 개발하여 대한민국 최우수업체로 인정을 받았다. 또한 기술혁신 우수기업 부문에서도 경영인상을 받았으며, 현재 자회사가 개발한 검구기기를 국내는 물론, 중국, 일본, 유럽까지 수출하고 있다. 뿐만 아니라 2008년도에는 '천만 불 수출탑' 훈장을 받았다. 그리하여 그 공적이 미국 버나덴 대학에서 주관하는 경영학박사 심의(審議)를 통과하여 오늘 이 영광스런 자리가 마련된 것이다.

오늘의 주식회사 '효진' 은 인재육성재단에, 미래 장학회에, 소외계층을 위해 소리 없이 후원을 하고 있는 기업이다.

이윽고 박사모(博士帽)가 그분 머리 위에 씌워지고 축하객들은 기립 박수를 쳤다. 이내 내빈들의 축사로 이어졌는데 많은 세월 동안 오늘의 주인공을 보며 변함없는 성실성과 근면함에 입을 모았다. 그리고 그동안 이루어 낸 업적을 진심으로 축하하고 있었다.

"이 자리에 서고 보니 지나온 시간이 생각나 목이 멥니다."

주인공의 인사말이다. 진정하려는 듯 물 한 모금을 마시는 그의 눈에 눈물이 비쳤다. 남자의 눈물, 그 순간의 눈물은 의미 있고 아름답게 느껴졌다. 객석에 앉은 내빈들과 나는 이 엄숙한 순간을 조용히 바라보고 있었다. 눈가에 어리는 눈물이라 해도 거기에는 천근만근의 무게가 있고 긴긴 세월을 지탱해 온 깊은 역사가 서려 있지 않겠는가. 오랜 세월 동호인으로 함께했건만 오늘은 그분의 또 다른 면모를 본다. 그리고 다시 한 번 느낀다. 이 자리가 결코 하루아침에 이루어진 것이 아님을, 나 역시 그동안의 노고에 감사 드리며 박사학위 수여하심을 진심으로 축하드린다.

"42년 전, 갓 제대한 장병을 이 자리에 오를 수 있도록 가르침을 주신 분입니다."

팔십이 넘으신 원로 한 분을 소개한다. 군 복무를 마치고 신입 사원으로 입사했을 때 상사로 계셨던 분이라고 했다. 스물여섯 살 청년의 착실함이 한눈에 보였으리라, 노장은 빙그레 웃고 계셨다.

오늘의 주인공은 우리 지역 배드민턴 연합회 회장님이다. 수년간 삼성산 시흥계곡에 체육의 장을 만들어, 동호인들과 지역주민은 그 운동장에서 건강을 다지고 있다. 성품이 소탈하고 일을 두려워 하지 않는, 오히려 그 일을 즐겁게 해내고야 마는 분, 그래서 별명 도 작은 거인(巨人)이다.

어느 해인가, 운동장 확장공사를 할 때였다. 계곡 도랑에 뚜껑 을 덮고 사각의 코트를 만들기 위해, 백여 명의 회원들은 괭이와 삽질을 했다. 돌을 고이고 둔덕을 쌓았다. 그리고 회원들이 하는 게임을 한눈에 볼 수 있도록 긴 의자를 곳곳에 설치하는 등 참으 로 큰 공사였다.

모든 일에 회장님은 선두주자였다. 회원들은 각자의 자투리 시 간을 이용해 열심히 동참을 했고, 다섯 개의 코트가 열 개의 코트 로 늘어났을 때, 회원들은 쾌적한 환경에 환호했다. 맑은 물이 흐르고, 철 따라 꽃이 피고, 새가 지저귀는 이 숲 속 운동장은 돌 하나, 나무 한 그루, 회장님의 손길이 닿지 않은 곳이 없다. 완공을 앞두고 마무리로 접어들 무렵, 계절은 이른 봄에서 한여름으로 건너가고 있었다. 36도를 웃도는 뙤약볕에 밀짚모자를 쓰고 회장님은 비 오듯 땀을 흘리며 일을 하고 있었다. 며칠 후, 온몸에 땀띠가 나서 고생을 하고 있다는 말이 들렸다. 어떤 일이든 언제나 몸소 실천하는 분이다.

객석에 앉은 내빈과 회원들은 축하의 잔을 들었다. 그리고 흐뭇한 정경(情景) 속에 행사는 끝이 났다. 주변 사람이 행복해지면 기쁨은 나누어지는 것이다. 한 사람의 집념과 성공을 지켜보면서 모두 흐뭇한 미소를 짓는다. 인생이 고해라는 말이 있지만 그래도 이렇듯 영광의 날이 있어 삶은 귀한 것, 행사가 끝나고 돌아오면서 나는 한 시간 전의 그 장면을 몇 번이나 회상했다. 밤바람은 차가웠지만, 감동은 여운으로 오랫동안 남아 있었다. 그리고 생각했다. 인생이란 말 속에는 갖가지 눈물이 있겠지만, 오늘같이 아름다운 눈물이 있어 삶 또한 아름다운 것이 아니겠는가.

"나는 아마도 사는 날까지 일하느라 손에 장갑을 끼고 있을 것이다."

오늘 박사님이 되신 주인공의 끝인사말에는 삶의 철학이 담겨 있었다.

유머 감각

지금으로부터 사십여 년 전 이야기다.

그때는 남성 하면 과묵하고 무뚝뚝한 남자를 으뜸으로 꼽았다. 당시에 히트했던 유행가 〈노란 샤쓰의 사나이〉라는 노랫말에도 있었다.

노란 샤쓰 입은, 말없는 그 사람이
어쩐지 나는 좋아, 어쩐지 나는 좋아.

말이 없고 성실한 사람, 또는 과묵하고 건실한 사람, 그런 사람을 바람직한 신랑감으로 꼽았다. 그 밖의 여건은 요즘이나 크게 다를 것이 없으나 재미있는 것은 과묵한 사람보다 유머 감각이 있는 사람으로 순번이 바뀌었다는 사실이다. 다시 말하면 위트가 있고 유머러스한 사람이다.

세월 따라 상대를 선택하는 기준과 성향이 많이 달라졌다. 젊은 세대들의 적극적인 구애와 서슴없이 하는 사랑 표현을 보고 있노 라면 격세지감을 아니 느낄 수 없다. 그러나 그런저런 변화를 제쳐놓고 그 나이로 다시 한 번 돌아갈 수만 있다면, 나 역시 재미있는 사람을 택할 것 같다. 재치 있는 유머로 언제나 웃음이 가득할 테니까 말이다.

무뚝뚝해서 말이 없는 사람은 보고만 있어도 따분하다. 기분 좋게 웃기는 사람, 그래서 주위를 즐겁게 만드는 사람, 그런 재주가 있는 사람을 보면 그가 부럽다. 우리 삶에서 유쾌하게 웃을 수만 있다면 일상이 얼마나 즐겁겠는가 어지간한 스트레스는 단박에 사라질 것이다.

한때 나도 우스갯소리를 좀 해보려고 외우기도 하고 메모를 해 보았다. 그러나 나는 웃기는 잘해도 웃기지를 못했다. 농담을 걸어와도 받아넘기는 센스가 둔해 분위기만 흐려놓는다. 어디 그 뿐인가, 듣는 것도 한 템포 늦는다고 형광등이라는 말을 들었다. 안타깝게도 마음만 앞서 갈 뿐이다.

어느 분야에서나 성공한 사람을 살펴보면 그들은 대체로 빼어난 유머 감각을 갖추고 있다. 레이건 대통령 임기 당시 총격 사고를 당해 입원했을 때 영부인과 나눈 대화는 유명하다.

"여보, 나 총알 피하는 걸 깜빡 잊었어."

레이건은 마치 배우가 NG를 낸 것처럼 농담을 던져 병실을 웃음으로 이끌었다는 이야기를 보았다. 그 외도 성공한 사람들은 다양한 화제로 우리를 즐겁게 한다.

　가끔 모임을 같이 하는 회원 속에 우스갯소리를 잘하는 사람이 있는데, 한때 레크리에이션 강사였다고 한다. 그래서 그런지 유머 감각이 뛰어나다. 회원들이 그를 좋아하는 것은 물론이고 나도 따라다니며 웃는다. 며칠 전 이야기를 옮겨 보면 충청도 말이 느리다고는 하나, "진지 잡수셨습니까?" 라는 말이 "진지 잡쉈슈?" 로 줄어들어 더 빠르다는 이야기다.

　그는 코믹하게 각도 사투리를 잘도 구사한다. 충청도는 내 고향 말이니 모를 리 있겠는가. 그의 익살스러운 우스갯소리를 듣고 있으면 금세 유쾌해진다. 어쩌다 이야기를 우스꽝스럽게 부풀리는 것도 있으나 그 속에는 따듯함이 배어 있다. 결코 상대방을 비하해서 말한다거나 다른 사람의 결점을 소재로 한 우스갯 말은 하지 않는다. 비법을 좀 공개하라고 했더니 몇 가지 일러주는데, 밋밋한 사람이 재미있는 사람으로 바뀌고 싶다면 연습과 실험이 필요하다고 한다. 예의를 몸에 익혀야 함은 물론이고 나를 웃긴 이야기를 다른 사람에게 전달할 때 썰렁했다면 그것은 표현하는 테크닉이 부족한 거라고 했다. 상대방의 예측을 무너뜨리고 끊임없이 개발하란다. 그 밖에 예를 들었는데 유머가 웃기는 것에만 목적이 있는 것이 아니라 인간관계에도 큰 역할을 하고 있음을 알 수 있었다.

　동네 쇼핑센터에서 코너 하나를 맡아 일하고 있을 때었다. 새로 전임을 온 지점장이 보기 드물게 유머러스한 사람이었다. 대화 속에는 늘 우스갯소리가 섞여 있었고 언제나 쾌활했다. 그해 가을 임대료 인상 관계로 본사와 업주들 간에 줄다리기를 하게 되었다.

"여러분은 이곳의 주인이고 나는 머물다 가는 나그네입니다. 본사에 주장할 것은 당당하게 하십시오. 저는 점주님들을 위해 온 힘을 다하겠습니다."

본사 직원이었음에도 그는 임차인의 편에서 성의를 보여 주었다. 결국 양쪽이 한 걸음씩 양보하는 선에서 수습되었고 만족한 결과는 아니었으나 우리는 그를 신뢰하고 있었다.

상대를 존중하는 예의가 바른 태도, 그리고 그의 유머 감각은 은연중에 한몫하고 있었다. 그 일이 계기가 되어 상부상조함은 물론이고 송년회니 야유회니 점장은 우리와 어울리는 자리가 많았다.

지금도 유일하게 남은 사진 한 장은 '오봉산' 정상에 올랐을 때 찍은 것이다. 그는 너럭바위에 가부좌(跏趺坐)를 했고 나를 비롯해 함께한 사람들이 바라보며 웃는 사진이다. 때때로 생각나는 사람이다.

삶을 여유롭게 하는 신선한 유머, 그 감각을 바르게만 익힌다면 또 하나의 큰 자산이라는 생각이 든다. 아직도 웃기는 사람은 싱거운 사람이고 잘 웃는 사람을 헤픈 사람이라는 개념이 남아있지만, 많이 웃기고 많이 웃으며 살고 싶다. 그리하여 나도 누구에겐가 재미있는 사람이 되고 싶다.

화실 풍경

그림을 동경하게 된 것은 꽤 오래전 일이다.

여행길에서 혹은 들길에서 아름다운 풍광을 마주하면 화폭으로 담아 보고 싶었다. 그냥 스케치라도 좋았다. 그래서 시작한 그림이다. 이곳은 문화원에 있는 수채화반, 클래식 음악이 흐르고 이젤을 앞에 놓고 주부회원들은 그림 그리기에 여념이 없다. 막 피어나는 장미를 그리는 사람, 감이 주렁주렁 열린 가을 현장을 스케치하고 와서 마무리하고 있는 사람, 칠월이면 따먹는 청포도는 농익어 속이 말갛게 보인다. 물속에 그림자를 드리운 자작나무와 바위를 덮고 있는 이끼, 어느 계곡일까, 맑은 바람이 불어오는 것 같다. 그림 솜씨들이 예사롭지 않아 사실 나는 적잖이 놀라고 있었다. 그도 그럴 것이 수상 경력이 화려한 사람도 몇몇 있었다.

무엇인가 몰두하고 있는 모습은 아름답다고 했던가, 그림에 심취

해 있는 표정은 소녀들처럼 상기되어 있다. 여름날의 소나타, 속삭임, 봄을 기다리며, 기분 좋은 날, 모두 그림 제목이다. 마치 수필 제목 같은 느낌이다. 예술이란 장르는 일맥상통한다는 것을 또 한번 실감한다.

사십 대 초반쯤 되었을까, 수채화 선생님은 모자를 즐겨 쓰는데 코가 오뚝해 잘 어울리는 분이다. 인상도 서글서글하고 성격 또한 시원시원하다. 첫인상에서 유난히 편한 느낌을 주어서 의외로 선생님은 낯설지가 않았다. 큰 소리로 웃기도 잘하고 음성도 부드럽다. 꾸밈도 없고 구김도 없고 있는 그대로의 모습이 유쾌했다.

"선생님 성격이 참 좋으시네요."

"네, 맞아요. 내추럴한 분이지요."

옆자리 회원이 웃으며 대꾸한다. 둥글둥글한 성격에 그야말로 모가 나지 않은 멋쟁이다. 그래서 이곳 분위기는 언제나 화기애애하다.

연필 쥐는 것부터 시작을 했다. 그리고 기초과정 없이 바로 풍경화로 들어갔다. 나는 정물화보다는 풍경화 쪽에 더 마음이 갔다. 억새가 나부끼는 들녘이나 수평선이 보이는 바닷가도 좋고 시야가 확 트인 그런 그림이 좋았다.

지난해 가을 서해안을 찾았을 때다. 아름다운 바다를 그려 볼 요량으로 이곳저곳을 카메라에 담아 왔다. 헌데 막상 사진을 보니 바다는 보이질 않고 모래사장과 하늘만 닿아 있었다. 렌즈를 너무 아래서 잡아서 그렇다고 사진사 아저씨는 설명해 준다. 사진도 아무나 찍는 것이 아닌 모양이다. 그래도 그 바다를 한 폭의 그림으로 남기고 싶어 스케치를 시작했다. 섬을 오른쪽으로 배치하고 왼쪽에는 조금 보이는 산을 잡아주었다. 모래밭과 옆에 있던 바위를 그리고 사진에는 보이지 않았지만, 바다를 그려 넣었다. 물감을 섞어 채색하고 서너 시간 족히 몰두했는데 막상 그림은 단순하고 밋밋했다.

"선생님, 이쪽 하늘에 갈매기 세 마리 정도 그려 넣으면 어떨까요?"

"좋아요. 근데 세 마리 말고 사이좋게 두 마리만 하지요."

그리하여 갈매기 두 마리는 내 그림 속으로 들어왔고 짝을 지어 날아가는 모습은 한결 보기 좋았다. 식탁 위에 걸어놓고 나는 그 바닷가를 종종 거닐곤 한다.

요즘 집에서 키우는 난이 꽃을 피우기 시작했다. 향기도 은은하고 피어주는 것이 고마워 스케치를 해보니 내가 보아도 그림이 조금 늘었다. 꽃이 나를 보고 있는 것과 뒤쪽을 보고 있는 것, 그리고 위를 보고 있는 것이 서툴게나마 표현이 되었다. 혼자 흐뭇해 보고 있는데 전화벨이 울린다.

"엄마, 그림공부 하신다고요. 도구는 제가 사 드려야지요. 필요한 것 몇 가지 택배로 보냈어요. 열심히 해보세요."

딸들은 가끔 나를 감동하게 한다.

내일은 제주도에서 보내온 그림카드, 하얀 구름과 초록빛 평원(平原)에서 풀을 뜯고 있는 말 그림 한 점 그려 볼까.

바람 소리 들어 봐

바람 소릴
들어 봐

엄마가 아기를 안고 있다.

마주 보고 있는 것이 아니라 엄마 가슴에 아기가 등을 대고 안겨 있다. 바람이 불어 아기랑 엄마랑 머리카락이 한쪽으로 날린다. 그리고 엄마가 아기에게 속삭이는 듯하다. "바람 소릴 들어 봐" 라고. 이것은 큰 아이가 조각한 모녀 상이다.

'바람 소릴 들어 봐' 는 작품명이며 우리 딸이 만든 작품 시리즈 중의 하나이다. 눈 코 입이 또렷하지는 않으나 두 걸음 물러서서 보면 분명 다정한 모녀의 모습이다. 처음 작품을 접했을 때 나는 골똘히 살펴보았다. 과연 무엇을 표현하고자 한 것일까, 아기를 양손으로 포근히 감싸 안은 자태는 따뜻함이 전해 온다.

'바람 소리라.' 나는 입속으로 읊조려 보았다. 싱그러운 어느 봄날 바람이 대지를 깨우고 오색가지 꽃을 피우는 그런 소릴 들어 보란 것일까. 아니면 외톨이 소녀가 착한 일을 했는데 언덕에 앉아 있으려니 부드러운 바람이 아이의 머리를 쓰다듬어 주더란 동화 속의 바람인가, 그것도 아니라면 열정의 여름을 지나 탐스러운 열매를 맺고 잎을 떨어뜨리는 쓸쓸한 초동(初冬)의 바람인가, 여러 가닥으로 생각이 피어올랐다.

작업실에서 며칠 만에 돌아온 딸에게 나는 물었다.

"'바람 소릴 들어봐' 라는 작품은 무슨 뜻이야?"

"엄마, 그 작품은요, 엄마가 아이를 품에 안고 세상 이야기를 들려주는 거예요. 바람결 따라 들려오는 슬픈 이야기, 행복한 이야기, 그리고 우리가 사는 이야기가 담겨 있는 거예요."

그 순간, 내 가슴속에는 뭉클한 그 무엇이 지나가고 있었다. 홀로 아이들 키우기에 바빴던 지난날들, 정작 마음속에선 사랑하는 마음이 가득했는데도 제대로 표현 한 번 해 주지 못한 나, 그래서 딸아이는 외로웠나 보다. 그동안 나는 큰 착각 속에서 살았다. 모든 어려움을 내가 맡는다. 내 우산 아래서 어려움 없이 성장하며 살아갈 수 있다고 생각했다. 정녕 가슴속에선 갈바람이 불었다.

십 수 년, 나는 동네 상가에서 침구(寢具) 일을 했다. 이곳 서울 변두리에서 딸아이를 키우는 동안 나는 생업에 매달려 아이들이 좋아하는 놀이공원 한번 가 보지 못했다. 뿐만이 아니라 학교행사에도 거의 참석을 하지 못했다. 소풍은 물론, 운동회도 외할머니 손에 맡겨 보냈다.

방학이 되면 잠에서 덜 깬 아이손을 잡고 나는 새벽시장엘 나갔다. 물건 구입을 하기 위해서다. 이른 시간이라 짜증을 낼 법도 한데, 조잘대며 물건이 든 비닐봉지를 들고 잘도 따라다녔다. 어린 나이였는데도 엄마가 일하는 것이 무엇 때문인지, 아이는 알고 있는 것 같았다. 지나간 시간을 돌아보면 마음에 걸리는 것이 한두 가지가 아니다. 그러나 그 쓸쓸함을 이겨 내며 넉넉지 못한 환경에서도 딸아이는 잘 자라 주었다.

이제 딸은 나름의 음향대로 살아갈 것이다. 조각공모전에 응모해서 상패를 안겨준 날도, 학사모를 쓰던 날도, 딸아이는 나에게 기쁨을 안겨 주었다. 계절마다 부는 바람 속엔 내 기쁨과 슬픔도 함께 있었다.

차 한 잔을 앞에 놓고 딸은 한 마디 덧붙인다.

"엄마, 그 바람 속엔 엄마가 들려준 이야기가 많아요. 오늘이 흐렸으면 내일은 다시 해맑은 태양이 떠오른다. 열심히 일하고 당당하게 살아라. 이런 말들요."

"그래, 내가 그랬지."

우리는 마주 보고 웃었다.

이제 바람 소릴 들려주던 젊은 엄마는 어느 사이 그 딸을 의지하며 산다. 때때로 친구가 되어 주고 나를 감싸 주는 울타리다. 어찌 보면 바람 소리를 들으며 느끼고 생각하며 살아가는 것이 인생이 아닐까. 앞으로 20년 세월이 가고 나면 나는 그 딸의 말을 들으며 살 것이다.

"어머니, 바람 소릴 들어 보세요." 라고.

안혜경 [바람 소릴 들어봐 – 연인] 2000

BRONZE | 20x10x(H)22cm

어머니,
나의 어머니

어머니 발은 하얗고 조그마하다.

소화를 돕는다는 첫 번째 발가락 아래 상응점을 찾아 꼭꼭 눌러 드린다.

"그만 됐다."

나이든 딸 팔 아플까 봐 그만 하라 하신다. 어머니는 올해 87세시다. 요즘 노환으로 고생하시어 마음이 아프다. 영영 떠나시는 줄 알고 놀란 적도 몇 차례 있었지만 그때마다 자리를 털고 일어나셨다. 헌데 이번에는 심상치가 않다. 언니랑 여동생, 우리는 주중에도 주말에도 안산 어머니 곁에서 시간을 보낸다. 한국전쟁 이야기, 아버지 이야기, 시집살이하셨던 새댁 때 이야기, 이런저런 이야기로 말동무해 드린다.

마흔셋에 막내아들을 낳으셨는데 고맙게도 그 아들 덕에 말년을 편안하게 지내신다. 남들은 어머니가 편찮으시다 하면 "수를 하셨네." 하지만 내 가슴은 무쇠덩이를 얹어 놓은 듯 무겁기만 하다. 어느 자식이 부모님 환후(患候)에 마음 편할까만 나는 유독 지은 죄가 크다. 젊은 나이에 홀로되어 새끼 셋 보듬어 안고 사는 당신 딸을 보며 늘 가슴 태우셨던 어머니, 된장 담가 주시고 김치 담가 주시고, 몸살 나면 손국수 만들어 맛나게 먹게 해 주셨다. 돈 버는 일이 힘들고 아이들 키우는 일이 힘들어 지쳐 있을 때면 "딸도 잘 키우면 열 아들 부럽지 않다." 라고 격려의 말씀을 해 주셨던 어머니, 그동안 받은 사랑을 어찌 다 말로 할 수 있으리.

"엄마 죄송해요. 늘 걱정만 드리고."

"아이들이 잘 컸으니 이젠 괜찮을 거다. 그리고 내가 간다고 울지들 마라. 살 만큼 살았으니."

어머니를 중심으로 모두 둘러앉았다. 그리고 말씀을 들었다. 아플 때마다 너희가 잘해 주어 오래 살았다는 이야기와 형제간에 우애(友愛)있게 살라는 말씀, 동생도 나도 울음보가 터졌다.

삼 년 전만 해도 여름휴가를 함께했다. 그해 우리는 어머니를 모시고 고향 땅으로 며칠 여행을 떠났다. 충청북도 속리산, 그곳은 돌아가신 아버님과의 추억이 있는 곳이다. 어머니가 좋아하시는 다슬기국은 법주사 인근에서 빠지지 않는 식단이다. 화양계곡으로 신탄진 묵 마을로 어머니가 즐겨 드시는 식단을 찾아 일정을 잡았다. 작은 키에 하얀 모시 한복을 입으신 어머니는 성격만큼 이나 깔끔하고 단아하셨다. 법주사 앞에 숙소를 정하고 저녁을 먹으러 나갔다.

"할머니 젊으셨을 땐 참 고우셨겠어요."

식당 아주머니 말이다. 방금 지은 따끈한 밥에 다슬기와 시래기를 듬뿍 넣은 국이 한 그릇 더 나왔고, 친정어머니 생각난다며 주방 아주머니는 찬도 이것저것 신경을 써 주었다. 어머니는 맛나게 드셨다.

법주사 경내를 보려면 오리숲을 걸어야 하는데 아무래도 어머니는 무릎 때문에 어려울 것 같았다. 무슨 수가 없을까 궁리를 하던 차에 119구급차가 보였다. 염치불구하고 도움을 청하니 흔쾌히 승낙을 해 준다. 긴급 차량이라 미안한 마음도 들었지만, 덕분에 우리 딸들은 효도할 수 있었다.

가는 곳마다 어른을 우대하는 예의와 정이 있어 역시 '살기 좋은 세상이구나!' 라는 생각을 했다. 산천도 수려하고 인심도 좋고 어른과 동행하니 우리도 대접을 받는다. 괴산을 지날 무렵, 장독대에 심으셨던 빨간 맨드라미를 보시곤 반갑다 하셨다.

형님 형님 시집살이 어떱디까.
애고 애고 말도 마라.
시집살이 눈치 살이
고추 당초 맵다 한들 시집살이 더 맵더라.

어머니는 뒷좌석에 앉으셔서 노래를 부르셨고 우리는 따라 부르며 손뼉을 쳐 드렸다.

시계가 자정을 알린다. 그만들 돌아가라고 손짓을 하신다. 자식들의 살림을 염려하심이다. 위급한 상황이오면 바로 연락을 하겠다는 남동생의 말을 듣고 나는 차에 올랐다. 칠흑같이 캄캄한 안산고속도로는 내 마음만큼 어둡고 적막했다. 어머니 없이 내가 살아갈 수 있을까, 언제나 내 곁에 계실 줄만 알았는데 노쇠하신 모습을 보니 새삼 마음이 저렸다. '어머니' 라는 이름 앞에 우리 모두 무릎을 꿇는 것은, 무엇으로도 대신할 수 없는 큰 사랑 때문이리라. 어머니는 내 삶의 버팀목이었고 든든한 후원자였다. 어머니가 계시다는 것, 그것은 분명 홍복(洪福)이었다.

이른 새벽 전화가 울린다. 혹시나 하여 가슴이 내려앉는다. 수화기를 드니 막내다.

"누나, 엄마 드릴 좋은 약 없을까. 영양주사를 삼 일 간격으로 놔드리면 어떨까. 엄마가 돌아가신다고 생각하면 가슴이 철렁해. 한 삼 년만 더 계셨으면 좋겠어."

이내 말끝을 흐린다. 젖이 모자라 암죽으로 키운 막냇동생, 내 등에 오줌도 여러 번 싸 대더니 어머니를 걱정하는 그 마음이 기특해 나는 한동안 앉아 있었다. 그래 동생 말대로 다시 한 번 해 보자. 우리는 보약과 순한 주사약을 준비하고 막내 댁은 부드러운 곰국을 준비하기로 했다.

"엄마, 막내가요, 돌아가실까 봐 일이 손에 잡히질 않는데요. 우리도 그렇고요, 힘내셔서 일어나셔야 해요."

그러기를 달 반, 어머니는 차도가 있으셨다. 요즘에는 주말에만 찾아뵙는다.

연세가 있으셔서 얼마나 더 우리 곁에 계실지 알 수는 없다. 그러나 다시 웃음을 찾으셨고 거동도 하신다. 내년 봄에는 막냇동생이 만들어 드린 조그만 옥상 밭에 상추며 쑥갓, 오이, 고추, 그 예쁜 푸성귀를 다시 보고 싶다. 요즘 내가 알게 된 것은 효심으로 드리는 약은 효과가 두 배라는 것이다. 그리고 부모님의 수명도 자식의 정성에 따라 연장되기도 한다는 것이다.

10월 초, 새털구름이 그림을 그렸다. 오늘은 내 마음도 깃털처럼 가볍다. 다들 모이는 주말이다.

"엄마, 우리 왔어요."

손을 잡으니 빙그레 웃으신다.

무엇이냐

칠월로 접어들어 장마가 길게 이어졌다.

그 눅눅함이 지루해 대청소를 시작했다. 우선 책 정리부터 하고 나니 월간지가 많았다. 신간 소개도 있고 문단의 훌륭한 선생님들의 옥고(玉稿)가 실려 있는데 버리기에는 아까운 생각이 들었다. 언뜻 일층 경비실 앞에 광고물 놓이는 자리가 생각났다.

"아저씨, 버리기 아까운 책이라 여기 좀 쌓아 놓을게요."

"그러세요." 흔쾌히 답을 한다.

한 이틀 지났을까, 외출했다가 들어오는데 한 권도 눈에 띄지 않는다. 혹여 귀찮아 폐지로 버렸나 싶어 신경이 곤두섰다. 경비원 아저씨는 내 표정을 읽었는지 젊은 아기 엄마도 들고 가고 아저씨도 가져가서 없어진 거라고 일러 준다. 순간 놀라지 않을 수 없었다. 내가 사는 이 변두리 아파트에 책을 읽는 사람들이 이렇듯 많다니 기분이 좋았다. 어쩌다 가끔 월간지가 편지함에서 사라지는데, 그것마저도 누군가 나 대신 잘 읽을 거란 생각에 그리 불쾌하지가 않다.

　나 어릴 때, 아버지는 이야기책을 소리 내어 읽으셨다. 가을걷이를 모두 끝내고 난 동짓달과 섣달, 그 긴 밤은 아버지 목소리가 더 크게 들려왔다. 심청전, 춘향전, 장화홍련전, 위에서 아래로 써 내려간 이야기책을 어떻게 그리도 맛있게 읽으시는지, 청이가 동냥을 하러 다니는 대목에서 너무 불쌍하여 눈물을 흘렸던 기억이 난다. 한참을 유창하게 읽으시다가 가끔 '무-엇이-냐' 하는 말을 추임새처럼 자주 하셨는데 그때는 그 말이 책 속에 쓰여 있는 줄 알았다. 지금 생각해 보면 읽던 곳을 놓치거나 숨을 고를 때 하셨지 싶다. 어머니는 터진 옷을 꿰매거나 양말을 기우며 옆에서 들으셨다. 아버지의 한량 끼로 자주 다투셨는데 그래도 부모님께서 다정하게 보였던 모습은 그때로 기억된다.
내가 소설책을 좋아하게 된 것은 아무래도 아버지의 영향이 컸던 것 같다. 사춘기로 접어들면서 〈순애보〉, 〈상록수〉, 〈무정〉, 친구끼리 돌려본 〈테스〉, 〈젊은 베르테르의 슬픔〉, 〈몬테크리스토 백작〉등 책 속에 빠져 밤을 새운 기억이 난다. 결혼을 하고 아이들이 태어나고 삼십 대 중반이 넘어서야 책방 나들이를 했다.

　이따금 나는 소리 내어 책을 읽는다. 마치 아버지가 읽으시던 것처럼, 한참을 읽다 보면 나도 모르게 감정이 실리어 리듬을 타게 되고 내용이 머리에 쏙쏙 잘 들어온다. 잡생각에 휩싸여 집중되지 않을 때, 혹은 졸음이 올 때는 아주 효과적이다. 내가 내 목소리를 들으니 음성 조절이 되고 토씨 하나 빼놓지 않으니 어눌해지는 발음에도 도움이 된다. 그리하여 지금은 기회가 주어지면 주저함 없이 책을 읽는다.

우리 옆집에는 초등학교 일 학년 개구쟁이가 산다. 여름 방학이 시작되어 그런지 책 읽는 소리가 들린다. 모처럼 아이 목소리를 들으니 기분이 좋았다. 엄마랑 공부 때문에 실랑이하는 모습만 보다가 신통한 생각이 들었다.

"책도 읽고 착해라."

"한 권 읽으면 천 원 주기로 했거든요."

돈을 줘 가면서도 읽히려는 엄마, 그리고 읽고 있는 아이를 보니 풍경이 재미있다.

옛날 고전을 보면 책은 눈으로 읽지 않고 소리 내어 읽었다. 목청을 돋우고 책을 읽으면 선생님은 좌우로 몸을 흔들고 학생은 앞뒤로 흔들었다. 소리 내어 거듭 읽다 보면 외우기도 쉬웠을 터, 공부가 더 수월했을 것만 같다.

'자제들이 글 외우는 소리가 유창하여 병 속에 물 따르는 것만 같으니 이 또한 통쾌하지 아니한가?'

청나라 때 김성탄이 쓴 쾌설(快說)은 세상을 살아가면서 33개의 통쾌한 장면을 떠올리며 쓴 글인데 그 중의 하나이다. 책을 읽는 낭랑한 목소리는 듣는 이의 마음을 즐겁게 한다. 묵독(默讀)을 하는 것보다 소리를 내어 정성껏 읽는 것은 어쩌면 책을 지은 이에 대한 예우가 아닐까.

맛깔나게 책을 읽으시던 아버지, 저승 가서서도 그렇게 책을 읽고 계실까. 아버지를 떠올릴 때마다 제일 먼저 생각나는 것은 책을 읽으시던 바로 그 모습이다. 동지섣달 긴긴 밤이 아니어도 조용한 밤이면, 나는 그 목소리가 못내 그립다.

딸이 더 좋아

근래 들어 우리 사회가 딸을 더 선호하는 시대가 되었다고 한다.
나는 일간지에 실린 기사를 보고 속웃음이 나왔다. 그것은 딸만
셋을 키운 내 젊은 시절이 떠올라서다. 어디 나뿐이랴, 딸만 둔 여인
들은 나처럼 미소를 짓지 않을까 싶다.

결혼하고 첫 딸을 낳았을 때 시어머님은 살림밑천이라고 좋아하
셨다. 그리고 두세 살 터울로 둘째, 셋째가 태어났을 때도 그 시절
인기가 많았던 가수 그룹을 운운하시며 "'안 시스터즈'를 만들면
되겠네." 하셨다. 그러나 나는 어머님의 그 말씀이 귀에 들어오지
않았다. 혹여 딸만 낳는다고 누가 뭐라고 하는지 살피느라 신경이
곤두서 있었다. 시누이든 손위 동서든 누구든지 한마디만 하면
바로 대항할 자세로 입술을 앙다물고 있었다.

"이 사람이 누가 뭐란다고 그래. 마음 편히 갖고 우리 딸들 잘 기

르자구.”

　좌불안석인 나에게 남편이 해 준 말이었다. ‘쥐도 궁지에 몰리면 고양이를 문다.’ 는 속담이 있듯 사람도 어쩔 수 없는 상황에 놓이면 별반 다르지 않다는 것을 그때 경험했다. 지나간 시간들을 생각해 보면 웃음만 나온다.

　나의 시어머님은 보기 드문 호인(好人)이셨다. 시댁과의 갈등으로 힘든 사람들이 많았지만, 나는 어머님 덕분에 마음고생을 한 기억이 거의 없다. 늘 인자하셨고 품성이 어진 분이었다. 맛나게 미역국을 끓여 주셨던 일, 생명의 소중함을 일러 주시며 언짢아하는 내 마음을 토닥여 주셨던 일, 세상 떠나신 지 수년이 넘었지만 생각하면 그리운 마음뿐이다.

　우리나라 남아선호사상은 뿌리가 깊다. 장자는 결혼하여 부모와 함께 살면서 제사(奉祭祀)를 받들고, 가족제도가 부계(父系)로 이어지면서 남아 선호사상은 더욱 굳혀졌다. 1970년 영화로 상영되었던 〈이조여인잔혹사〉는 작고한 신상옥 감독의 작품으로 봉건적인 인습에 희생된 조선 시대 여인들의 이야기다. 칠거지악(七去之惡)이란 악습으로 아들을 낳지 못한 여인들이 받는 수모와 핍박은 처절할 만큼 잔혹했다. 그 시대에 태어나지 않았으니 얼마나 다행한 일인지 생각만 해도 끔찍하다. 그러나 이 땅의 여인들은 아들을 원했다. 나 역시 남편을 닮은 아들 하나 얻기를 소원했지만 그것은 뜻대로 되는 일이 아니었다.

　막내가 걸음마를 시작할 무렵, 사주(四柱)를 잘 본다는 철학관을 찾아갔다. 아들 얻기가 하늘의 별 따기란다. 허탈해하는 내 얼굴을 보더니 '딸도 잘 키우면 아들 노릇 합니다.' 했다.

1980년대, 아들을 둔 사람은 그야말로 든든한 노후보험이라도 들어 놓은 것처럼 흐뭇해했다. 그뿐만 아니라 '아들 밥은 편히 앉아서 받아먹고 딸 밥은 서서 먹는다.' 는 말도 있었다.

어느 모임을 가든, 또 조금 안면(顔面)을 트고 나면 사람들은 물었다.

"몇 남매 두셨어요?"

"딸만 두었습니다."

라고 답하면 혀를 끌끌 차거나 동정 어린 눈으로 나를 보곤 했다. 기분이 언짢아지는 것은 물론이다. 그래서 '남매를 두었어요.' 하는 말로 대신해 버린 적도 있었다. 그간 딸들을 키우며 어쩔 수 없이 웃어넘긴 일은 부지기수다. 그러나 아이들이 자라면서 잘했다는 상도 받아 오고 칭찬도 듣고 여느 집처럼 자식 키우는 재미에 나는 서운함을 잊어 갔다.

사춘기가 지나고 딸들이 예쁜 숙녀로 자랐을 때 우리 집은 달라지는 것이 있었다. 무엇보다도 화병에 꽃이 떨어지질 않았다. 그것은 딸들의 남자 친구가 주는 꽃이었다. 빨간 장미로 시작하여 핑크빛 튤립, 노란 프리지어, 하얀 안개꽃, 향기 좋은 백합까지, 시들만하면 번갈아 들고 들어왔다. 꽃만 피는 것이 아니라, 딸아이들도 곱게 피는 모습을 보니 내 마음도 흐뭇했다. 그리고 무엇보다도 딸들과는 마음이 잘 통했다. 친구도 이런 친구가 없다. 쇼핑도 함께하고 여행도 함께 간다. 그것은 딸을 둔 엄마들만의 특별한 혜택이지 싶다.

요즘은 시집간 딸 곁에 사는 것이 편하다는 통계가 나왔다고 한다. 김치를 담아 택배로 보내고 며느리에게 전화만 해야 하는 시대라고 친구들은 말한다. 그래서 나온 말이 아들은 품 안의 사랑이고 딸은 영원한 사랑이란다. 농으로 하는 이야기지만 세태를 잘 반영하는 것 같다.

시인 이향지 씨는 '반달'을 작곡한 윤극영 선생님의 며느리다. 생전에 며느리들로부터 아버님으로 불리는 것을 싫어했다고 한다. 그래서 시아버님을 아버지로 불렀고, 그 선생님도 당신의 아들과 딸처럼 며느리를 쉰이 되도록 이름 '향지'로 불렀단다. 불필요한 격식을 걷어 버림으로 더욱 가까워진다는 이 시인은 그 아버지를 사랑으로 기억하고 있었다. 내 딸이 결혼하면 그 집 며느리요, 아들이 결혼하면 내 집 며느리다. 딸, 아들, 며느리, 차별 없이 이름을 부른 것은 그 선생님만의 특별한 사랑 방법이 아니었을까. 이제 혼인한 딸은 가까이 살아 손자 손녀 안겨 주고 오순도순 산다. 내 목소리만 들어도 컨디션 지수(指數)를 짐작하는 둘째 딸, 시시때때로 어미 생각을 해 주는 딸아이들이 고맙기만 하다.

아름다운 세상 소풍 온 것이라 읊은 시인의 시구처럼, 우리 모두 그 소풍 끝나면 떠나는 인생일 것인데 딸이면 어떻고 아들이면 어떠하랴, 조물주(造物神)가 나에게 점지해 준 소중한 생명인 것을.

사랑,
그것은 기쁨

‘수정교’ 다릿목을 지나면 긴 둑길이 나온다.

노란 달맞이꽃이 수줍게 고개를 숙이고 실바람에 박하향이 묻어온다. 소나기가 시원하게 퍼붓고 간 저녁 풀숲엔 반딧불이 반짝인다. 입대한 그가 첫 번째 휴가를 온 날이다. 그의 손엔 빨간 장미 한 송이가 들려 있었다. 나이 들면 추억을 먹고 산다 하였던가, 눈 감으면 어제 일처럼 선연한데 세월은 아득히도 나를 데려다 놓았다.

아침에 일어나면 늦게 귀가한 딸들이 아무 데나 던져 버린 꽃다발이 눈에 띈다. 고운 색으로 물든 한지에 빨간 장미 한 송이, 아스파라거스에 노란 프리지어, 그리고 연보라 수국에 예쁜 리본이 매여 신장 위에도 식탁 위에도 놓여 있다.

“좋은 때다. 내게도 가슴 설레던 시절이 있었지.”

나도 모르게 주절거리며 꽃병을 찾는다. 어느 해인가, 딸애가 내놓은 사진 속에는 몸집이 가냘프고 키만 밀대같이 큰 사내아이가 빙긋이 웃고 있었다.

"이 몸으로 처자식 건사하겠니?"

대수롭지 않게 대꾸를 했는데 삼 년쯤 지났을까, 느닷없이 인사를 왔다. 그동안 학교를 마치고 군 복무 중이란다. 짙은 눈썹에 적당한 콧날, 이목구비가 수려하다. 사진과는 달리 체격도 늠름하고 당당하지 않은가. 뉘 집 아들인지 볼수록 잘 생겼다.

"안녕하십니까?"

건장한 체격에 얼룩무늬 군복이 한결 믿음직해 보인다. 웃음 짓는 얼굴에는 선량함이 엿보이고 어찌 된 일인가, 낯설지가 않다. 딸 중에 유난스럽게 까탈스러워 적이 걱정을 했던 터에 진중하고 심덕(心德) 있어 보이는 상대가 생기다니 딸만 키운 나에게 신선한 느낌으로 다가왔다. 그동안 꽃다발은 몇 번이나 안겨 주었고 어떤 묘법을 썼는지, 마주 보는 눈빛이 예사롭지 아니하다.

"어머니, 혜원이를 사랑합니다."

그래, 사랑이란 말처럼 감동을 안겨 주는 것이 또 있을까. 카키색의 젊음 앞에서 주책없이 나는 지난날의 내 사랑을 회상한다. 더없이 지순하고 청명했던 시절, 반딧불이 불을 밝혀 주고 달맞이꽃이 피던 밤, 나는 그 밤을 잊지 못한다. 온 세상 모두가 우리를 위해 존재하는 것 같다고 했던 그, 그 환희(歡喜)의 얼굴을 다시 보고 있다. 그것은 기쁨 그 자체였다. 사랑만이 창조할 수 있는 순수의 얼굴이다. 딸아이를 위해서는 무엇이든 이해하고 감싸줄 것 같은 넉넉함이 청년의 온몸에서 배어 나온다.

태어남이란 얼마나 큰 기쁨인가. 하물며 수많은 사람 중에 인연이 되어 사랑함에야 더한 축복이 있겠는가. 지나간 시간 속에 담겨 있는 기쁨의 조각들은 내 마음의 보석이 되어 언제나 나를 미소 짓게 한다. 흔히 사랑은 콩깍지가 씌워져야 하고 결혼은 한쪽 눈을 감아야 한다고 했다. 그렇다 해도 사랑 없이 우리네 삶이 어찌 이어질 수 있을까. 아끼고 다독이고 상대를 위한 끊임없는 배려로 우리는 삶의 의미와 보람을 찾는다. 그것은 사랑을 느끼고 실천하는 사람들만이 소유하는 일이리라.

며칠 전, 커다란 꽃바구니가 배달되었다. 핑크빛 카네이션에 하얀 백합, 그리고 빨간 장미가 소담스럽게 담겨 있었다.

'어머님, 생신 축하드립니다.'

카드 속에 쓰인 글이다. 혼자 중얼거린 소리가 건너갔지 싶은데 그래도 얼마 만에 받아 보는 꽃인지 저절로 입이 벌어졌다. 요즘 내가 새삼 느끼는 것은 딸에 대한 나의 사랑도 사랑이려니와 딸을 사랑하는 한 남자가 나에게 베푸는 애정 또한 소중한 기쁨임을 알게 되었다.

'많이 사랑하고 예쁘게 살아다오.'

도란도란 귀엣말하며 나란히 나서는 모습을 보며 새롭게 얻은 또 하나의 사랑을 확인한다.

미국 소설 〈매디슨 카운티의 다리〉 여주인공 프란체스카는 딸에게 "인생은 더없이 아름다웠다." 라는 말을 남겼다. 나는 이 대사를 조금 더 풀이해서 말해 줄 것이다.

"인생이 기쁜 것은 사랑 때문이다." 라고.

막내의 뮤지컬(Musical)

가만히 들여다보면 느낄 수가 있어

조용히 귀 기울이면 느낄 수 있어

어렵지만 가치 있고 험하지만 의미 있는

나는 오늘도 그 길을 걸어가네.

넓은 홀을 감싸 안는 써라운드(Surround) 음향, 그 속에서 들리는 막내의 목소리를 나는 금세 알 수 있었습니다. 약간의 비음이 섞인 음성을 들으며 잠깐이었지만 내 가슴은 떨리고 있었답니다. 강렬한 불빛이 무대를 비추고 양쪽에 걸린 스크린에서 노래하는 막내의 모습이 보였습니다. 당신도 생각나지요. 막내는 꼬맹이 때부터 유난히 통통했고, 거기다 말하는 입도 앙증맞아 삼촌들이 '쪼깨니' 라고 불렀던 것을요. 오늘 그 '쪼깨니' 가 혼기가 되었는데도 하라는 결혼은 하지 않고 뮤지컬 공연을 한다네요. 그래서 애들 이모랑 함께 이곳을 찾았답니다. 어려서 동요를 부르면 박자도 맞고 음정도 정확해 노래를 곧잘 하는 것은 알고 있었지만, 마이크를 통해 듣는 막내 목소리는 정말 뮤지컬 배우처럼 성량도 풍부하고 대단한 미성이었답니다.

올림픽 체육관에서 열리는 '문화의 밤' 공연은 만여 명의 관객이 자리를 같이 했습니다. 직장을 다니며 연습을 한다고 허겁지겁 나갈 때는 시간을 너무 빼앗기는 것 같아 잔소리를 좀 했었지요. 더구나 몸살로 힘들어하면 짝이나 찾아보라고 야단을 치기도 했습니다. 그래서 어떤 역을 맡았는지 묻지도 않았습니다. 객석과 무대는 거리가 있어 궁금해하고 있는데, 화면을 보니 머리는 시원하게 올리고 긴 원피스에 스웨터를 걸치고 어이없게도 엄마 역을 하고 있더라고요. 게다가 어린 딸을 달래는 장면은 정말 그럴듯했습니다. 놀랄수 밖에요.

"웬 엄마역이람."

"언니, 막내가 좀 통통하잖아, 그래서 일거야."

강미 아빠, 참으로 오랜만에 당신의 안부를 묻습니다. 잘 지내지요? 그동안 나는 때때로 당신을 놓지 못하고 살았답니다. 이십여 년, 참으로 긴 시간이 흘렀네요. 세월이 약이라는 말, 이만큼 살고 보니 무슨 뜻인지 알게 되네요. 이렇듯 담담하게 당신께 말을 할 수 있으니 말입니다. 아이 중에서 당신을 제일 많이 닮은 아이가 막내랍니다. 어려서는 잘도 조잘대더니 자라면서 속이 깊고 무던한 면면에서 나는 당신을 봅니다. 지금도 눈에 선합니다. 막내를 무릎에 앉혀 놓고 밥을 먹이던 당신의 모습을. 가시 발라낸 생선이며 조각낸 김치를 수저에 올려놓으면 조그만 입으로 맛나게 받아먹던 막내. 그러나 그 아이는 유감스럽게도 당신을 기억하지 못하고 있답니다. 그도 그럴 것이 당신이 떠나던 해가 네 살로 넘어가는 겨울이었으니 생각을 해낸다는 것이 무리겠지요.

돌아보면 탈 없이 잘 커 주어 고마웠습니다. 여중에 입학하면서 영어를 좋아하더니 지금은 무역회사에서 중책을 맡아 외국출장이 잦답니다. 동그란 얼굴에 유머감각도 있고 모임에서는 꽤나 인기가 있는 듯 여러 가지 일을 많이 맡아 하더라고요. 이따금 가족 모임이 있는 날이면 재치 있는 유머로 우리를 즐겁게 해 주는 아이가 막내랍니다. 키가 조금 작아 그렇지 심성도 착하고 괜찮은 처자인데 총각 녀석들은 무얼 하고 있는지, 친구들은 딸 시집보낸다 아들 장가들인다 청첩장을 보내오는데 올해부터는 부쩍 조바심이 생기네요. 어울리는 남자 친구들은 있는 것 같은데 입이 무거운 것도 당신을 닮아 이런저런 이야기를 하지 않습니다. 둘째 언니처럼 도란도란 사는 것을 보고 싶다고 했더니 걱정을 말라 하네요. '이 사람이다.' 라는 생각이 들면 집으로 데려온다 하니 그런 날이 어서 오기를 기다리고 있답니다.

공연이 끝이 났습니다. 출연진 전원이 나와서 인사를 하네요. 동생이랑 나는 손바닥이 아프도록 박수를 쳐 주었습니다.

"이모, 괜찮았어요?"

"응, 아주 잘했어, 축하한다."

동생이 주는 꽃다발을 안고 막내는 환하게 웃었답니다. 단원들과 뒤풀이를 한다고 막내는 무대 뒤로 사라졌습니다.

　홀을 나오며 우리는 좀 전의 감흥을 안고 야외 카페에 앉습니다. 오늘따라 공연 축하를 해 주는 듯이, 건너편에서 폭죽이 터지며 밤하늘에 고운 불꽃이 피어났습니다. 문득 하늘을 올려다보았지요. 그리고 무슨 일이 있을 때마다 늘 그랬듯이 "오늘 밤 우리 막내 근사했지요?" 나는 당신을 향해 말합니다.

　올림픽 공원의 넓은 잔디밭은 마치 융단을 깔아 놓은 듯 푸르고 칠월의 싱그러운 밤바람은 부드럽게 우리 곁을 스치고 지나 갔습니다.

꽃 중의 꽃

봄이 손짓하는 이월, 나는 첫 손자를 보았다.

요즘 손자 자랑하려면 돈을 내놓고 하란 말이 있다. 물론 친구들 모임에서다. 가까운 친구가 외손자 재롱 피우는 이야기를 하면 나도 시큰둥했었다. 내심 '또 그 애기지' 했는데 막상 손자가 태어

나 가슴에 안고 보니 그 기쁨은 그야말로 형언키 어렵다.

꽃 중의 꽃이 사람 꽃이라 했던가, 이마는 친가 쪽을 닮았고 눈매와 코는 외가 쪽을 닮았다. 어디서 보았을까 전혀 낯설지가 아니하다. 어미가 친정아버지 눈매를 닮았으니 언뜻 외할아버지 얼굴도 읽어진다. 꽃잎같이 생긴 입술을 다물고 쌔근쌔근 자는 모습을 보면 천사가 따로 없다. 오죽하면 찡그리는 얼굴도 고우니 어찌하랴, 아무래도 돈을 내고서라도 자랑을 좀 해야 할 것 같다.

혼인한 지 육 년 만에 태기가 있어 양가 모두 기다리는 아기였다. 막달이 되어 아기 이불을 준비하려고 의사선생님께 색깔을 물으니 '하늘색으로 하세요.' 한다. 아들인 것을 알고 나니 더욱 상면할 날을 기다리게 되었다.

나는 딸만 셋을 두었다. 삼십 대에 걸쳐 아들을 얻고 싶어 무던히도 애를 태웠던 시절이 흑백 필름처럼 스쳐 간다. 막내를 낳고 당 사주를 본다는 아주머니를 찾아갔었다. 첩첩산중에 무릎을 꿇고 기도하는 그림을 보여주며 일러준 말은 명산을 찾아가 기도를 드린다면 아들 하나 얻을 수 있을 거라 했다. 그것도 지극 정성으로 해야 한단다. 나는 선뜻 대답을 하지 못했다. 정성을 들이는 것도 자신이 없었고 다섯 살, 세 살 그리고 오 개월로 접어든 막내, 한참 손이 가는 아이들을 두고 마음도 몸도 여유가 없었다. 그리하여 그렇게도 갈망(渴望)하던 아들이란 이름을 아쉬운 마음으로 접고 말았다.

일요일 오후 네 시쯤일까, 산기가 있다는 사위 전화다.

"오 분 간격으로 진통이 오면 병원으로 출발해야 하니까 준비하게."

나는 염주를 챙기고 집을 나섰다. 이내 진통은 시각을 다투며 왔다. 든든한 사위가 옆에 있고 의사가 있는데 내 가슴은 두 방망이질을 했다. 고통을 참는 숨소리가 들릴수록 나는 차마 딸아이 얼굴을 볼 수가 없었다. 복도를 서성인 지 두어 시간, 드디어 탄생을 알리는 울음소리가 고막을 때렸다. 아가는 처음으로 엄마 가슴에 안겼다.

"할머니가 덕담 한마디 해 주세요."

"아, 그래요. 잘 먹고 잘 자라서 나라에 필요한 사람이 되어라."

느닷없이 간호사가 권하는 바람에 한다는 말이 애국지사처럼 튀어나왔다. 언뜻 나온 말이지만 괜찮았다는 생각이 들었다. 미리 알았더라면 더 좋은 말을 준비했을 터인데.

손가락 발가락 얼굴로 몸으로 선생님은 확인하시고 그리고 작은 고추를 보여 주었다. 나는 나도 모르게 미소가 지어졌다. 아쉬움으로 끝난 아들 구경을 드디어 하는구나 하니 감회가 일었다. 정말이지 고것은 신기하고 예쁘게도 달려 있었다. 옛날 어른들이 왜 손자를 그리도 선호했는지 그 기분을 알 수 있을 것 같았다. 순간 할아버지 소리를 들으면 '껄껄' 웃었을 그가 떠오른다. 이 기쁨을 나만 누리는 것이 왠지 미안하다.

"축하합니다, 득남을. 누릴 것을 다 누리시니 행복한 줄 아셔요."

사찰살림을 돕고 있는 후배 전화다. 실은 할머니가 된다는 기분은 좀 그랬었다. 기쁜 것은 분명한데 세월의 무게도 느껴지고 나이 무게도 느껴지고 뭔가 알 수가 없었다. 그러나 그것도 잠시, 지금은 후배 말처럼 나는 마냥 행복하다. 우는 얼굴에도 뽀뽀하고 찡그린 얼굴에도 뽀뽀한다.

"엄마, 조금 더 자라면 하세요."

"응, 알았어."

대답은 그리했지만 '너가 그런다고 내가 못할 줄 아느냐.' 속으로 중얼거리며 딸이 자리를 뜨면 조그만 뺨에 내 얼굴을 비벼 댄다.

세상 구경한 지 삼 주, 아가 목욕을 시킨다. 나를 닮아 물을 좋아하는지 울다가도 물에만 들어가면 녀석은 흐뭇한 표정이 된다. 마른 옷으로 갈아입히고 나는 아기를 가슴에 안는다. 자장가는 뭐가 좋을까 생각해 보니 그냥 음이 잡히는 것이 있었다. 그것은 시어머님이 우리 아이들을 재워 주실 때 흥얼거리시던 노래다.

자장자장 우리 아기, 우리 아기 잘도 잔다.
꼬꼬 닭아 울지 마라, 검둥개야 짖지 마라.
나라에는 충신동아, 부모에는 효자동아.
금을 주면 너를 사랴, 은을 주면 너를 사랴.
자장자장 우리 아기, 우리 아기 잘도 잔다.

오늘도 나는 자장가를 부른다. 꽃 중의 꽃 사람 꽃, 내 마음을 이리도 기쁘게 해 주니 아가야, 고맙구나, 할미가 해 준 덕담처럼 잘 먹고 잘 자라 나라가 필요로 하는 훌륭한 사람이 되어라.
자장자장 자장자장.

소소한 행복

앞으로- 앞으로 -
지구는 둥그니까, 자꾸 걸어 나가면
온 세상 어린이를 다 만나고 오겠네.

이제 막 말문이 트인 손녀딸이 그네에 앉아서 동요를 부른다.

오월의 아침이 싱그러워 꼬맹이 손을 잡고 산책을 나왔는데, 그 조그만 입에서 노래가 나온다. 요 며칠 〈앞으로〉라는 동요를 한 소절씩 기타를 치며 불러 주었는데 오늘 보니 서툰 발음으로 끝까지 다 부른다. 기타를 배우는 나도 언뜻언뜻 가사가 떠오르지 않는데 녀석은 순서도 틀리지 않고 부른다. 어느 구절은 발음이 되지 않아 나만 알아듣는다. 아기 뇌세포는 듣는 대로 저장을 하는가 보다. 하긴 너덧 살에 배운 천자문을 평생 써먹는다고 하지 않던가, 너무

신통해서 나는 손녀딸 볼에 뽀뽀를 퍼부었다.

요즘 나는 복지관에서 기타를 배운다. 처녀 시절, 기타에 매료되어 도전했다가 너무 어려워 포기를 했던 터인데, 고맙게도 기회가 주어져 마음먹고 시작을 했다. 기타를 배우는 회원은 모두 30여 명, 이순(耳順)을 넘긴 시니어들이다. 주로 동요와 가요를 배우고 있는데, 〈앞으로〉란 동요도 그중 하나이다. 음계를 배우고 장단조를 배우고 코드 잡는 법을 익히는데 역시 쉽지가 않다. 다만 끊임없이 반복해야 한다는 선생님의 가르침대로 열심히 연습을 하고 있다. 언젠가는 기타를 치며 애창곡을 멋들어지게 부를 때도 있을 것이고, 손녀와 함께 동요를 자유롭게 부를 때도 있을 것이다. 그뿐만이 아니라, 기타 동아리가 결성되어 봉사라도 하게 된다면 더욱 뜻있고 기쁜 일이 아니겠는가.

기타를 다시 배우게 된 것은 '기타로 즐거운 세상을 만들자!' 라는 취지로 어느 회사가 복지관에 기타 여러 대를 기증해 온 것이다. 그리고 자상하게 가르쳐 주는 선생님까지 지원해 주었다.

보면(譜面)대를 앞에 놓고, 악보를 보며 기타 코드를 잡는다. 배우느라 상기된 얼굴은 이팔청춘이 따로 없다. 우리도 한때는 경제 개발 5개년 계획대열에 끼어 나라를 위해 일했고, 자녀 교육을 위해 또는 연만하신 부모님을 모시느라 부지런히 산 세대다. 그래서 그런지 배우는 것도 열심이다.

"오늘은 화음이 잘 맞습니다. 아주 좋아요."

모처럼 선생님 칭찬에 회원들은 즐거워한다. 음악은 어느 장르나 사람의 마음을 잡는다. 기타도 예외는 아니어서 코드를 잡고 한 줄

한 줄 튕기다 보면 음색이 고와 나도 모르게 빠져 들게 된다. 새삼 느끼는 것이지만 통기타는 경쾌하고 감미롭다.

목련이 지고 나니 라일락이 핀다. 봄꽃이 다투어 피고 산색이 고와 눈부신 계절, 나는 손녀딸과 기타로 소소한 행복을 느낀다. 일상을 살펴보면 작지만 소소한 기쁨은 누구에게나 있는 일이다. 그것을 이 아름다운 봄날에 소중히 꺼내어 볼 일이다.

아이리시 댄스

지난해 초여름이다.

무심코 채널을 돌리다가 아일랜드의 전통춤인 '아이리시 댄스' 를 보게 되었다. 동(動)적인 것을 좋아해 그런지 그 춤은 나를 단박에 사로잡았다. 체격이 건장한 남자 댄서 삼십여 명이 삼 층 계단식으로 꾸며진 무대에서 같은 동작으로 춤을 춘다. 상체는 움직이지 않고 발만 움직인다. 빠른 템포에 마룻바닥을 구르는 탭댄스, 그 모습은 경쾌하다 못해 박진감마저 느껴졌다.

아일랜드는 유럽의 북서쪽에 있는 큰 섬이다. 호기심에 그 나라 지형을 찾아보니 이 섬은 그 옛날 얼음에 덮여 있었다고 한다. 추운 지방일수록 발을 구르는 춤이 발달하였다고 하더니 이곳도 그런 모양이다. 어찌나 경쾌하던지 나이를 잊고 배워 보고 싶은 마음이 생겼다.

해가 바뀐 지 며칠 된 연초, 세종문화회관 대 극장에서 '아이리시' 댄스 공연을 한다문구가 방송 자막으로 나왔다. 문의를 해 보니 아일랜드 전통 댄스와 민속음악을 바탕으로 한 '춤의 영혼' 이란 집단이란다. 모처럼 볼 기회가 왔는데 입장료가 만만치가 않다. 친구를 불러낼까, 아니면 언니와 동생을 불러 함께할까 궁리를 하던 차에 시집간 딸의 말이 떠올랐다. 이번 생일 때 무엇을 해 드리면 좋으냐는 물음이었다. 조금 부담은 되겠지만 내 의중을 말하기로 했다.

"아일랜드 댄스가 보고 싶어. 그런데 입장료가 만만찮네."

"엄마가 보고 싶다 하시면 해 드려야지요."

인터넷으로 딸은 예매를 했고 직장에 나간 가족들은 조금 일찍 퇴근을 했다. 우리는 공연 시간을 여유 있게 두고 집을 나왔다. 운전은 사위가 하고 딸들은 뒷자리에서 댄스 이야기를 한다. 모처럼 색다른 나들이에 조금씩 들뜬 것 같았다. 하긴 나도 십여 년 만의 걸음이다. 강당 입구에는 주먹을 불끈 쥔 춤동작 사진이 시선을 끌었다. 이 층으로 올라가 좌석을 찾았을 때는 객석은 빈자리가 없었다. 순간, 우리 민족도 동적인 것을 좋아하는 사람들이 많구나 하는 생각이 들었다.

공연이 시작되고 무대 배경은 아일랜드 켈트족 전통 문양이다. 무대를 비추는 조명이 켜지자 마치 딴 세상에 온 듯 현란하다. 이윽고 감미로운 댄스곡이 연주되고 보석이 반짝이는 흰 드레스의 여인과 검은 정장의 남자가 짝을 지어 미끄러지듯 왈츠를 춘다. 그리고 뒤이어 삼십여 명의 남자 댄서들이 등장을 했는데 빨간 티에 당당한 체격이다. 방송에서 보았던 그 발놀림을 여기서 본다. 마치 한 사람인 것처럼 정확하게 움직이는 탭댄스는 한 치의 어긋남이 없다. 관중은 리듬에 맞추어 손뼉을 치고 나도 자꾸만 발을 구르게 된다.

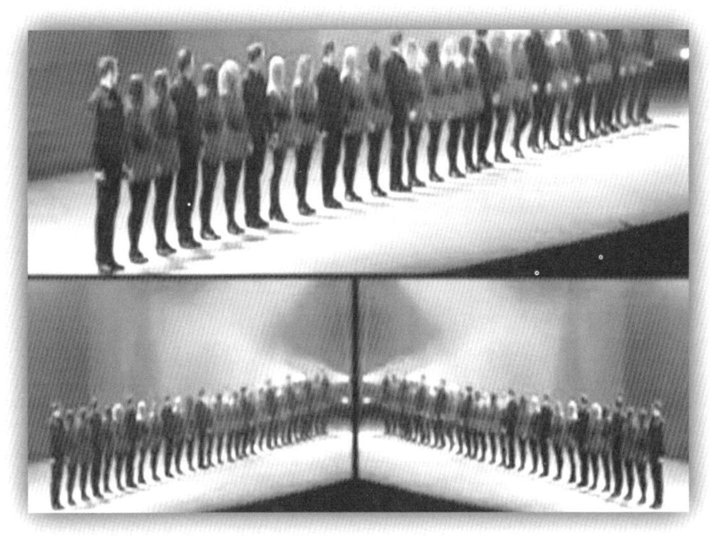

IRELISH DANCE

탭댄스는 흑인들이 자신을 표현하는 방법으로 추었던 춤으로 아일랜드와 스코틀랜드 사람들이 자기들의 방식으로 발전시킨 것이 지금의 탭댄스라고 한다. 품격이 느껴지는 아르헨티나 탱고, 관능을 과시하는 라티노 살사, 고전발레, 레이스가 나풀대는 빨간 드레스에 발 구르기와 손뼉을 함께 치며 돌아가는 플밍고 춤은, 즉흥적인 열징을 토해 낸다. 고난도의 테크닉과 완벽한 조화에 나는 소름이 돋았다. 〈탭댄스와 다양한 모던 댄스와의 환상적인 만남〉이라고 춤을 소개한 문구가 과장된 것은 아니었다. 모처럼 댄스파티에 빠져 즐거워하는 딸들을 보니 나는 문득 옛일이 떠올랐다.

80년대 초, 시골에서 갓 올라온 촌(村) 댁은 어린이날 하루는 하던 일을 접고 이 강당을 찾았었다. 연극은 아이들의 정서에도 많은 도움을 줄 것이고 무엇보다도 기죽이지 않고 키워야겠다는 야무진 속내가 있었다. 생각하면 웃음부터 나온다. 어떻게 그런 생각을 했는지.

"엄마, 옛날 생각나네요."

내 표정을 읽었는지 큰애가 말한다. 〈파랑새〉에서 좋은 연기를 보여 주었던 추송웅 씨, 지금은 고인이 되었지만 기저귀를 찬 아기로 분장하고 연기하다 무대에서 떨어져 관중을 웃겼던 일, 오즈의 마법사에서 마녀로 분장한 윤복희 씨의 가창력과 리얼한 연기, 〈피터팬〉, 〈백설공주〉, 〈헨젤과 그레텔〉, 다들 용케도 기억했다.

"어머님 덕분에 춤의 진수를 감상했습니다."

"나도 댄스파티에 초대해 주어 고맙네."

음악을 좋아하는 사위가 흡족한 표정이다. 극장을 나오니 막내가 기념 촬영을 한번 하자고 한다. 커다란 포스터 앞에 사위는 주먹을 치켜들고 딸은 왈츠 춤을 추듯 외투 자락을 잡는다. 우리는 폭소를 터트리며 카메라 앞에서 포즈를 취했다.

세종문화회관 대강당에서

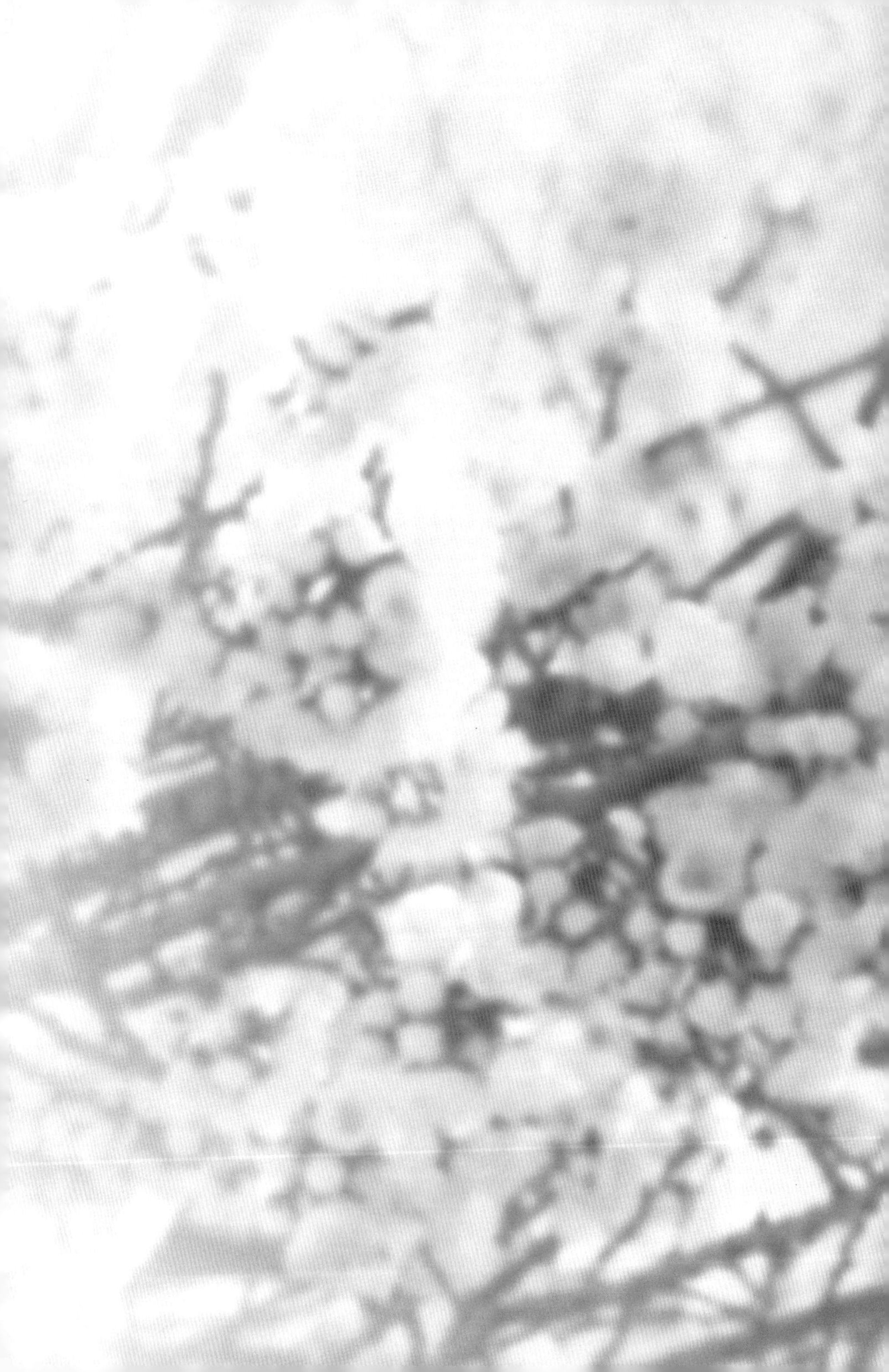

꿈과 사랑

꿈과 사랑

'꿈과 사랑', 이 두 단어는 우송 김태길 교수님께서 나에게 써 주신 친필이다.

어느 해인가, 충북수필 하계 문학 강좌에서 나는 교수님을 뵐 수 있었다. 꽤 오랜 시간이 흘렀지만 지금도 생각나는 것은 엷은 미소 속에서 풍기는 온화함이었다.

"교수님 뵙게 되어 영광입니다. 교수님 책을 읽고 많은 위안을 받았습니다."

"아, 그래요."

교수님은 악수를 청하셨는데 아기 손처럼 부드러웠다. 그날 노트에 받은 교수님의 사인이다.

1980년도 서울 변두리로 이사를 온 후, 새로운 환경이 낯설었고 새로 시작한 일도 낯설었다. 그때 우연히 들린 서점에서 교수님 철학에세이 〈삶을 어디서 찾을 것인가〉를 접하게 되었다. 그 책은

몸과 신경

金春吉

힘들었던 시기에 어떤 지표(指標)가 되어 주었다. 내 삶의 진정한 의미를 짚어 보게 하였고, 고단했던 생활 속에 목적과 용기를 주었다.

길가에 민들레가 행인들의 발길에 밟히면서도 굴하지 않고 꽃을 피우듯이 그렇게 열심히 살아야 한다. 보람을 찾아서 성실하게 살아야 하는 것이다. 우리에게 가장 소중한 것은 어려운 상황에 부닥쳤을 때, 대처할 수 있는 용기와 지혜를 기르는 일이다. 문제 상황을 슬기롭게 극복할 수 있는 능력, 그것이 다름 아닌 덕성(德性) 이다.

지금 읽어도 새롭다. 그 책은 나의 책장에 보물로 꽂혀 있다.
교수님은 충북 중원 출신으로 윤리학을 전공하신 철학가시다. 서울대학교 문리대학 학장과 한국철학회 회장님을 역임하셨고 대한 민국 학술원상을 받으셨다. 저서로는 〈윤리학〉, 〈윤리학개론〉, 에세 이 〈껍데기와 알맹이〉, 〈초대〉, 그 외도 많은 책을 내셨다.
나는 이곳에 살면서 교수님의 강의를 틈나는 대로 들었다.

수필은 작가의 마음 세계를 그리는 자화상이며, 수필이 주는 감명이 문장력에서 오는 경우가 없는 것은 아니나, 보다 근본적 인 것은 필자의 인간성에 대한 공감이기 때문이다. 남의 공감을 불 러일으킬 만한 풍부하고 매력적인 필자의 정신세계가 있고, 그것을 탁월한 문장력으로 그렸을 때, 진실로 나무랄 데 없는 좋은 수필이 생긴다고 하겠다. 쉬운 말로 된 깨끗한 문장을 나는 좋게 본다.

　수필 강의를 하신 내용이다. 그리고 수필집 한 권에서 독자가 읽으며 '좋구나.' 하는 글이 다섯 편 정도 발견할 수 있다면 성공한 책이라고도 하셨다. 그만큼 글쓰기가 쉽지 않음을 시사하셨다. 교수님의 강의는 언제나 도덕적인 인간의 삶과 따뜻한 사랑이었다.
　'꿈과 사랑', 우리 삶의 지표가 되는 이 한 마디의 뜻을 다시 한 번 생각해 본다. 철학가요 수필가이셨던 교수님, 서민들에게도 희망과 삶의 목적을 일깨워 주신 교수님은 지지난해 떠나셨다. 또 한 해가 가고 있다. 계사년 새해를 맞으며 옷매무시를 여미듯 스산한 마음을 가다듬고 나는 교수님의 전집 〈삶과 그 보람〉을 다시 펼쳐 든다.

사랑, 주신만큼
그리움도 깊어라

수필동인지 〈사계〉가 10번째의 책을 내놓았다.

선생님을 모시고 삼십여 명의 문우들은 타원형 식탁에 둘러앉았다. '사계, 출판기념회' 현수막이 병풍 위에 걸려 있고 원탁에는 꽃이 한 아름 담긴 꽃바구니가 놓여 있다.

해마다 책이 나올 때마다 마련되는 자리지만 그해 행사는 나에게 특별한 자리였다. 수필공부를 시작한 지 4년, 그 봄에 나는 수필가로 등단하게 된 것이다. 그것은 순전히 나만의 기쁨이었다.

막내가 여고에 들어갔을 무렵 고향에서 작품 활동을 하시는 반숙자 선배님은 글공부를 시작하라고 두툼한 원고지와 볼펜 한 다스를 보내왔다. '가슴속 이야기를 써 보세요.' 라는 말과 '수필의 세계' 임선희 선생님을 찾아가라는 메모가 함께 있었다. 나는 그 격려에 힘을 얻어 미뤄왔던 공부를 시작했다. 매주 목요일은 생업으로 하는 일을 한나절 접고 수필반을 찾았다.

선생님의 첫인상은 날씬한 체격에 투피스를 입은 멋쟁이셨다. 목소리 또한 보통 사람들보다는 두 옥타브쯤 높아서 상큼함과 함께 무슨 말씀을 하시는지 귀에 쏙 들어왔다. 수필공부를 왜 하려 하는지 그리고 어디서 왔는지 간단히 자기소개를 하고 '내 삶에서 새로운 의미를 찾고 싶어서' 라고 말을 했던 생각이 난다. 그 후 삼 십여 명의 수강생들과 글공부가 시작되었고 네 번이나 해가 바뀌고 나서 나는 등단과 함께 그 자리에 서게 된 것이다. 우리는 모두 축배의 잔을 들었다.

"밤새워 쓴 글이 크게 칭찬을 받았을 때 마약처럼 전신으로 번지는 기쁨을 누가 모른다 하겠는가. 창가에 떨어지는 작은 새소리를 듣고 찰나를 통과하는 빛의 움직임을 느낄 때 우리는 문학을 만납니다."

선생님의 간단한 축사 말씀이다. 이어 글을 쓰면서 달라진 것들과 느낀 점을 돌아가며 말했다. '생활의 변화를 하게 된 게기가 되었다.' '나태해질 때마다 힘이 되었다.' '나이를 아름답게 먹어가면서 살 수가 있을 것 같다.' 저마다의 소감을 이야기했고 다음은 내 차례가 되었다.

"등단 후, 이름도 없고 미미한 글쟁이에게 전화가 왔습니다. 어느 독자였어요. 제 이름을 확인하더니 동인지 〈사계〉에 실린 글을 보고 전화를 했노라 하면서 제가 쓴 글을 감동으로 읽었다는 말을 했습니다. 처음으로 듣는 칭찬이라 어리둥절했지만 너무 기뻤습니다. 모두 선생님 은덕입니다. 고맙습니다."

나는 선생님께 진심으로 감사의 말씀을 드렸다. 그날 '사계' 가족은 모두 기쁨으로 충만했었다. 나 또한 그날의 행사를 잊지 못할 행복한 순간으로 기억한다.

생업에 종사하며 나는 오랜 기간 선생님의 강의를 들을 수 있었다. 강의는 늘 주제가 달랐다. 미술, 음악, 세계명작, 그리고 처음으로 문학을 지향했던 구인회(九人會)부터 현대문학에 이르기까지, 작가의 성향과 대표작을 공부했고 그 외도 많은 것을 섭렵해 주셨다. 뿐만이 아니라 수강생 한 사람 한 사람마다 특성을 파악해 장단점을 꼭 집어 주셨다. 연세가 좀 있으셨는데도 강의하실 때는 조금도 흐트러짐이 없으셨다. 즐겨 입으시는 스타일은 슈트였는데 모자부터 구두까지 색상을 맞추어 입으셨다. 선생님은 귀족적인 멋쟁이셨다.

2006년 가을, 종강하는 날까지 나는 운 좋게도 선생님을 모시고 다닐 기회가 많았다. 그것은 선생님 댁과 우리 집이 가까웠기 때문이다. 이 시간은 이런저런 사담으로 이어졌는데 주로 내가 사는 이야기를 많이 들어 주셨다. 아이들 키우느라 힘들었던 시절, 그 팍팍함까지도 귀 기울여 주셨던 것이다.

"남순자 씨는 사막에 데려다 놓아도 살아갈 사람이야, 딸 셋을 열심히 키웠으니 말년 걱정은 하지 않아도 돼요."

선생님 그 말씀대로 지금 나는 딸들 덕에 그러저러 편히 살고 있다. 생각해 보면 선생님께 글공부만 한 것이 아니었다. 모든 사물을 아름답게 보는 안목과 세상을 반듯하게 바라보는 눈을 주셨고 삶이란 바다에서 조금은 생각할 줄 아는 지혜를 가르쳐 주셨다. 농촌에서 올라와 무지했던 내 영혼을 칼 같은 감성으로 깨워 주신 분이 선생님이시다. 내 인생에서 선생님을 만난 것은 정말로 큰 행운이었다.

25년이란 긴 세월 동안 많은 수필가를 배출한 선생님은 건강 문제로 마지막 수업을 하게 되었다.

"많은 제자를 가르쳤고 나름대로 성의를 다했다. 그리고 우리 모두 동인지 〈사계〉를 추억하지 않고 살겠는가, 또한 누군가 나를 생각해 주는 일은 마음 따뜻한 일이다. 앞으로 여러분은 아름다운 여성으로 이 시대의 귀족으로 남아 있을 것이라고 믿는다." 라고 끝인사를 하셨다.

당신이 품위 있는 귀족이셨기에 우리 모두에게 그러기를 바라셨나 보다. 찬바람이 분다. 정신이 퍼뜩 날만큼 싸늘한 날씨, 이월의 산을 오르다 문득 하늘을 올려본다. 이 상큼한 날씨를 좋아하셨고 클래식을 사랑하셨던 선생님, 그 큰 사랑, 주신만큼 그리움도 깊어만 간다.

수화(手話)를 배우며

오른손으로 왼팔을 쓸어내리며 주먹을 살짝 쥔다. 동시에 정중히 고개를 숙인다. 이 행동은 '안녕하세요.' 라고 하는 수화 인사다. 나는 요즘 수화를 배운다. 집을 나서기 전 거울 앞에 서서 지난 시간에 배운 것을 복습해 본다. 몇 가지 단어와 노래를.

　내가 살아가는 동안에 할 일이 또 하나 있지-

〈사랑으로〉라는 가요인데, 서너 가지의 동작이 가물가물하다. 교본을 보면 지루함을 배려했는지, 가끔 악보와 함께 노래가 실려 있다.

수화는 가슴 높이에서 양어깨를 한계점으로 하는데, 필요에 따라 동작을 크게 하기도 작게 하기도 한다. 수화가 목소리를 대신한다면 손가락으로 하는 지화(指話)는 필체를 대신한다. 강의를 듣기 시작하면서 놀란 것은, 수화는 생각했던 것보다 이해하기 쉬우면서도 합리적으로 만들어졌다는 것이다. 이집트의 상형문자나 중국어의 한자를 그대로 접목한 용어도 있고, 표현하기 어려운 낱말은 생긴 모양에서 특징을 잡았다. 봄은 태어남을, 여름은 더위, 가을은 바람, 겨울은 추위로 표현했다. 그리고 더욱 기발한 것은 일상에서 누구나 쉽게 하는 손짓, 그 무언(無言)의 대화를 수화에서는 그대로 흡수하고 있었다. 이를테면 가라, 먹는다, 드리다, 받다, 그 외에 많은 동작이 포함되어 있었다.

강의하는 선생님은 수화가 이용되기 시작한 유래를 흑판에 그려 가며 설명을 한다. 토씨가 생략되는 것과 문장 배열이 바뀔 수도 있다는 것, 어미의 변화가 표현 강조로 많다는 것도 이야기한다. 청각 장애인과 대화를 할 때는 예의를 갖추어야 함은 물론이고, 동작을 정확하게 해야 하며 무엇보다 그들의 감정을 존중해야 한다고 했다. 농정은 절대 금물이며 즐거운 마음으로 여유 있게 하란다. 나는 꼼꼼하게 기록을 했다.

나에게는 농아 조카딸이 있다. 그 딸을 보며 늘 마음 아파하던 올케가 지지난해 지병으로 돌아가고, 궁금하던 차에 지난번 설 명절에 우리 집을 찾아 주었다. 나는 반가워서 덥석 안았지만 엄마를 잃은 슬픔 때문인가, 웃는 얼굴에는 쓸쓸함이 배어 있었다. 때때로 그 아이 생각을 하며 살았다. 귀여운 발음으로 말을 막 배울 무렵, 급체한 것이 경기(驚氣)로 이어지고 아이를 안고 병원으로 한방으로 뛰었으나 고막이 파손되어 허사였다. 들리지 않으니 몇 마디 하던 말마저 하지 못했다. 할머니도 엄마도 가족 모두 발을 동동 굴렀지만, 야속한 운명은 끝내 그 아이를 청각 장애인으로 만들고 말았다. 그동안 농아 여고를 졸업하고 교회에서 뜻이 맞는 배필을 만나 지금은 고맙게도 두 아이 엄마가 되었다. 조카딸이 돌아간 다음 많은 생각을 했다. 미루고만 있었던 수화를 배워보자 그래서 그 아이의 외로움을 조금이라도 덜어 주고 싶었다.

우리나라 청각장애 인구는 뜻밖에 많았다. 선천적인 농아보다는 후천적인 농아가 많고 장티푸스를 앓다가 고열로 고막이 손상될 수가 있는가 하면 조카딸처럼 급체가 경기로 이어져 청력을 상실한 사람이 대부분이었다. 일상에서 쉽게 생기는 질환으로 농아가 된 사람들이기에 참으로 안타까웠다. 삼 개월로 접어들고 초급반에서의 마지막 수업 시간, 나는 귀를 막아 보았다. 아무것도 들리지 않는 상태는 그야말로 답답하기 그지없는 공간이었다. 선생님의 음성은 물론, 그나마 배운 수화도 들리지 않으니 뒤죽박죽이다. 나는 당황하지 않을 수 없었다. 들리지 않는 세계- 그것은 무슨 말로도 표현할 길 없는 참담함이었다. 그리고 나는 조카 생각에 가슴을 쓸어내려야만 했다. 이 적막 속에서 살고 있을 그 아이의 고충을 생각하니 어느 한 쪽이 무너져 내리는 것 같았다. 재잘거리는 꼬마들의 웃음소리, 노래하는 새소리, 바람 소리, 그리고 아름다운 모든 소리들, 어찌 꼽을 수 있으리. 돌아오는 버스 속에서 마냥 시야가 흐려짐을 어쩌지 못했다. 그간 짐작만 했을 뿐, 무심하게 지낸 세월이 미안하고 또 미안하다.

"잘 지내니? 고모야. 오늘 저녁 함께 먹자. 데리러 가도 될까?"

“네, 좋아요. 기다릴게요.”

손 전화로 문자를 보내니 이내 답이 온다. 마주 앉아 저녁을 먹으며 ‘고모가 수화를 배우고 있어요.’ 동작이 더듬더듬했는데도 뜻이 전달된다. 놀란 얼굴로 내 손을 잡는다. 서툴지만 우리는 많은 이야기를 했다. 필담으로 나누는 대화보다 의사소통이 훨씬 쉬웠다.

지나간 일요일, 아이들이 읽을 책을 사야겠다는 문자가 왔다. 시간이 괜찮다면 고모와 함께했으면 하는 내용이다. 책을 많이 읽혀야 한다는 내 말을 귀에 담았나 보다. 나는 쾌히 승낙하고 만나기로 한 서점 앞에 도착했다. 무슨 책을 골라 줄까, 조카딸이 읽으면 좋을 책도 두어 권 사 주어야지 하고 살펴보고 있는데, 내 어깨를 덥석 끌어안는 손길이 있었다. 환하게 웃는 얼굴이 다가선다. 우리는 팔짱을 끼고 책도 고르고 이것저것 쇼핑을 했다. 돌아가는 차 속에서 조카는 유난히 많은 말을 했다. 아이들 이야기, 신랑 이야기, 그리고 끼르르 웃는다.

내가 배우는 수화 덕으로 조카의 그 쓸쓸한 마음을 덜어 줄 수만 있다면 내 무엇을 더 바라랴. 손을 흔들며 집으로 들어가는 조카딸 등 뒤로 사월의 벚꽃은 화사하게 흩날리고 있었다.

내 별명은 물오리

‘물오리’, 이것은 갓 시집을 갔을 때 붙여진 내 별명이다.

“셋째 아기는 물만 보면 어쩔 줄 모르는 물오리라니까.”

시어머님 말씀이다. 닦기 좋아하고 빨래하기 좋아하고 또 씻고, 나는 물가에 있는 시간이 많았다. 지금 생각하면 유난히 깔끔을 떨었던 것 같다. 세수하고 한 번 더 헹구어야 시원한 내 버릇에 비해 어머님은 세안하신 물에 발 씻고 걸레까지 빨았다. 팔 남매에 아들 둘을 결혼시켜 한 울타리에서 살았으니 대가족 물세도 만만 찮았을 그 시절, 철없는 며느리를 물오리로 봐 주셨다.

‘물’ 하면 나는 여울지며 흐르는 냇가가 떠오른다. 그것도 유년을 보낸 고향의 냇가이다. 아버지가 쓰시는 그물을 가지고 친구들과 냇가로 간다. 일렁이는 수초 아래 그물을 대고 있으면 친구들은 고기를 몰아온다. 물방개, 소금쟁이, 쏘가리, 미꾸라지, 대 여섯 마리는 실히 잡혀 꼼지락댄다. 물목을 돌아 흐르는 물에 물장구치고 미역 감는다. 넘실대는 물속에 몸을 맡기면 둥둥 떠다니는 것도 좋고 부드러운 물결이 전신을 휘감는 것도 좋았다.

큰언니 혼인날 정해 놓고 이불 홑청을 바래는 날, 어머니는 자갈 밭에 양은 솥을 걸고 양잿물에 광목을 삶았다. 어머니는 위에서 잡고 나는 아래서 붙들고 물살을 따라 하늘거리는 광목은 따가운 햇볕에 뽀얗게 빛을 발했다. 유년을 지나 처녀 시절까지 고맙게도 그 냇가의 물은 그렇게 있어 주었다.

습관도 세월 따라 바뀌기 마련인가. 쓸기 좋아하고 닦기 좋아 하던 그 버릇이 이제는 조금 뜸해졌다. 그러나 물을 좋아하는 것은 여전하다. 들녘이나 계곡에서 돌돌 흐르는 물소리가 들리면 이내 발걸음이 그쪽으로 간다. 손이라도 한번 담가 보아야 직성이 풀린다. 깨끗한 모래를 한 움큼 쥐어 보기도 하고 작은 돌을 제쳐보기도 한다. 혹여 옛날에 잡았던 가재나 미꾸라지가 숨어 있을 것 같아서 다. 이렇듯 물만 보면 좋아하니 내가 생각해도 어머님께서 지어 주신 물오리란 별명은 꽤 적절했다.

집안 행사를 달력에서 찾다가 뒷장을 보니 오행풀이가 되어 있 다. 나는 무엇일까 궁금해 찾아보니 '천중수(泉中水)' 였다. 나도 모르 게 웃음이 나왔다. 육십갑자의 그 심오한 뜻을 나는 모른다. 다만 물이 들어 있으니 유난스럽게 물을 좋아하는 것인가 하는 생각이 든다. 우리 삶에서 스트레스가 쌓이면 따듯한 물로 목욕하는 것이 좋다고 정신과 의사는 말하고 있다. 나도 가끔은 동네 목욕탕을 자주 이용하는데 거의 하루도 거르지 않고 오는 사람도 있다.

“매일 오면 힘들지 않아요?”

“아뇨, 시원하고 아주 좋아요.”

닦고 씻고 그들과 나도 비슷한 성향이 있음을 부인하지 않는다. 생각해 보면 내 삶 속에서도 물은 감정에 낀 스트레스를 씻어 주지 싶다.

음력 시월상달이면 친정어머니는 고사를 지내셨는데 장독대에 떡시루가 있고 시루 안에는 정화수(井華水) 한 그릇이 놓여 있었다. 일 년 농사의 감사함과 집안의 편안함을 비셨던 어머니. 그 맑은 물 한 그릇은 숭고함마저 느껴졌다. 목마를 때 먹는 한 잔의 물은 꿀맛 같은 감로수다. 인간을 비롯해 모든 동식물이 물 없이 존재할 수 있을까. 물의 고마움을 새삼 생각해 본다.

이제 냇가에서 빨래하던 시절은 옛이야기가 되었다. 그뿐만 아니라 기상이변으로 지구 곳곳이 물 부족이란다. 나 역시 물을 좋아해 마구 썼으니 ‘항상 아껴 써라.’ 하셨던 어머님 말씀이 떠오른다.

만물을 이롭게 하면서도 낮은 곳으로만 흐르는 물, 그 겸손한 자세는 닮지 못하고 물만 써 댔으니 이제는 물을 아껴 쓰는 물오리가 되어야 하겠다.

손자 손녀 잠옷 만들기

가슴둘레, 엉덩이 둘레, 어깨너비, 소매 길이, 그리고 바지 길이를 쟀다.

"할머니, 뭐예요?"

"응, 예쁜 잠옷 만들어 주려고."

초등 이 학년 손자 녀석은 호기심 어린 눈으로 나를 본다.

며칠 전 쇼핑몰에서 본 귀여운 무늬의 원단을 보고 나는 손주들 잠옷이 떠올랐다. 주문해서 받아 본 천은 곱고 부드러워서 마음에 들었다. 우선 종이에 본을 떴다. 핑크색 초크로 표시하고 마름을 했다. 베란다 귀퉁이에 모셔 두었던 손재봉틀을 꺼내 실을 꿰었다.

'드륵 드륵 드르륵.'

오랜만에 해 보는 박음질이다.

그 옛날 나는 아이들 잠옷을 만들어 입혔다. 그때 기억이 가물

가물한데 그래도 천을 구하고 시작을 해보니 별 어려움 없이 만들 수 있었다. 손주들이 입었을 때 그 귀여운 모습을 상상하며 바느질을 끝냈다.

"할머니, 잠옷 따뜻해요, 고맙습니다."

손자 손녀가 샤워하고 내가 만든 잠옷을 입고 인사를 한다. 막상 완성해서 두 녀석을 입히고 보니 예쁘다. 손주들이 좋아하는 모습을 보니 요 며칠 만드느라 수고 한 마음이 눈 녹듯 사라진다.

"이다음에 잠옷 만들어준 할미를 기억할까?"

"그럼요, 기억하지요."

딸은 냉큼 대답을 한다.

입동이 지나 바람이 차다. 이 겨울 잘 입고 몸도 마음도 건강하게 자랐으면 하는 바람이다. 그리고 잠옷만 기억하지 말고 만들어준 할미를 좋은 추억으로 기억해 주었으면 좋겠다.

수선화

그림 속에 수선화는 수줍게 웃고 있다.

진녹색 화분에서 막 피어난 열두 송이, 연노랑 꽃잎에 진노랑 꽃술은 볼 때마다 청초하다. 봄이면 이르게 피어 봄을 부르는 꽃이라고도 하는 수선화, 꽃말도 신비 고결이다. 아침마다 만나는 이 수선화의 신선함으로 나는 하루를 시작한다.

달포 전, 난생처음 그림 한 점을 샀다. 그림은 수채화가 박정희 선생님의 작품이다. 이 어른은 오 남매를 키우며 쓴 〈사랑의 육아 그림일기〉로도 널리 알려진 분이다. 지난 연 초, 텔레비전 방송에서 〈박정희 할머니의 수채화 인생〉이란 제목으로 선생님의 일상을 다룬 이야기가 한 시간여 방영이 되었다.

한글 점자를 창안하신 송암(松庵) 박두성 선생의 둘째 따님이고, 경성여자사범학교를 나와 인천 공립학교에서 교사를 역임하였으

며, 수채화 공모전에 특선과 입선을 하여 특별전시에 20여 회 출품
하였다고 했다. 현재 인천 동구 화평동에 있는 '평안수채화의 집' 에서
제자들과 그림수업을 하신다.

그동안 '점자도서관 건립조성' 을 위해, '인천 맹인 복지회관건립
기금' 마련을 위해 개인전을 여러 차례 열었고 지금도 그림으로 얻
는 수익금 일부는 그들을 위해 쓰고 있다. 올해 연세 90이시다.
야외로 스케치 떠나며 어린아이처럼 즐거워하신다. 소소한 일에도

기뻐하시고 작은 일에도 까르르 웃으신다. 매사 감사하며 사시는 모습은 방송을 보는 내내 유쾌했고 나에겐 큰 감동으로 다가왔다.

인생 가을이라는 이 나이에도 나는 기분 따라 감정조절이 어려울 때가 있다. 부단히 노력하는데도 예기치 않게 불쾌한 일이 생기면 마음은 파도를 친다. 두어 숨 둘러 쉬고 사건을 들여다보면 조용히 해결될 일을 서둘러 판단하고 그래서 상처를 주고받는다. 지혜롭게 처신하지 못하는 미숙함으로 사랑하는 가족을, 아니면 이웃을 때때로 힘들게 한다. 어떻게 하면 속 깊게 잘 늙어 갈 수 있을까, 그것이 늘 마음속에 숙제로 남아 있었는데, 모든 것을 감사와 사랑으로 일관하시는 선생님의 일상은 정말 신선한 충격이었다. 나는 그 마음을 보고 싶었다.

꽃 잔치가 열리는 4월, 인천행 전철을 탔다. 일 층 화실에서 선생님은 반갑게 맞아 주셨다. 마침 막 피어나는 목련 한 다발을 함지에 담아 놓고 제자들과 스케치를 하고 계셨다. 작은 체구에 웃음 짓는 얼굴은 소녀처럼 해맑으시다. 첫아기를 낳고 너무도 기쁘고 감동적이어서 그림일기를 쓰게 된 이야기, 초등학교 들어갔을 때 '야마구찌' 라는 일본 여선생님이 '너는 그림을 꽤 잘 그린다.' 이 한 마디가 선물이 되어 그림을 그리게 된 이야기, 그리고 점자를 창안하신 아버님 이야기를 해 주셨다.

"1923년 당시, 친척이나 친구들은 왜 맹인들 속에서 지내느냐고 아버지께 말들을 많이 했어요. 그러나 앞을 못 보는 맹인을 보면 그냥 측은해 "가여워라, 이 녀석들을 어떻게 하나?" 늘 그러셨어요. 결국, 당신의 뜻을 펼치고 가셨지요. 저도 미력하나마 힘을 보태고 있어요.”

　보여 주시는 사진 속에는 그 당시 교실에서 바지저고리를 입은 맹인 청년들이 점자를 배우고 박두성 교장 선생님 참관 아래 모형으로 인체 해부학을 공부하고 있었다. 또 하나의 사진에는 부인 김경내 여사의 도움을 받아 성경전서를 원판으로 제작하는 광경이다. 앞을 보지 못하는 장애인들의 교육을 위해 헌신적으로 일하신 모습이 몇 장의 사진에 모두 담겨 있었다.

　정오가 되면 생활뉴스를 진행하는 이창훈 시각 장애인 앵커가 있다. 점자를 손으로 읽으며 차분하게 뉴스를 전달하고 있는데 얼굴에는 편안함과 자신감이 엿보인다. 그는 ‘다양한 사람들을 초대해 이야기를 듣는 시사 프로그램을 진행해 보고 싶다.’ 라고 포부를 밝히기도 했다. 그뿐만이 아니라 올해는 시각 장애인 여교사 두 분이 탄생했다. 안내견의 도움을 받아 출근하는데 국어교사인 강신혜 선생님과 영어를 가르치는 김민경 선생님이다. 시각 장애인으로 처음 일반학교에 교사가 되었다고 했다. 선생님 부임 후 ‘아이들이 공부만이 아니라 인성교육에서 긍정적인 배움을 얻는 것 같다.’ 라는 부모들의 전화가 여러 차례 있었다고 한다. 이 멋진 선생님들의 소식을 들으며 나는 시각장애인을 사랑하셨던 송암 박두성 선생님의 큰 뜻을 다시 한 번 느낄 수 있었다.

　“우리 삶은 사랑이 전부예요. 하나님께서 지휘하신 나의 생애는 너무나 행복했다고 생각해요. 부모 형제 그리고 이웃들에게 넘치도록 사랑을 받았고 부모로부터 많은 재산은 물려받지 않았지만, 건강하고 아름다운 정신과 육체를 받았음을 자랑스럽게 생각합니다. 내 생애가 멀지 않았음에도 너무도 편안한 지금, 소원컨대 건강하게 즐겁게 지내다가 마지막 날을 맞이했으면 합니다. 함께 살아 주고 보살 펴준 아들과 며느리 딸과 사위, 그리고 손자들에게도 고마웠다고 인사하며 잠들고 싶어요.”

목련꽃 채색을 하시며 많은 이야기를 들려주셨다. 그리고 온 생애를 사랑으로 살아오신 선생님은 따듯하고 인자한 분이었다. 어둠을 밝히는 빛이 되셨고 검소하며 즐겁게 생활하시는 선생님, 나는 존경스러운 마음을 금할 수가 없었다.

산색이 짙어 가는 계절, 이제 나도 많이 사랑하고 좀 더 너그러운 사람이 되어 선생님처럼 아름다운 사람으로 늙어 가고 싶다.

“세상은 너무나 아름다워요. 사랑하며 기쁘게 살아야지, 마음먹으면 얼굴이 달라집니다.”

배웅해 주시며 해주신 말씀이다. 오늘도 내 방에 걸린 수선화 그림 속에는 미소 짓는 선생님의 환한 얼굴이 지나간다.

사랑한다는 말

미명(未明)에서 한 줄기 빛으로 깨어나는 자연을 담았다.

하늘을 배경으로 억새꽃이 춤추는 광활한 들녘, 삼나무 숲길과 아름다운 제주의 사계, 그는 신비로운 순간을 렌즈로 잡았다. 그러나 철저하게 홀로 쓸쓸히 살다간 그의 생은 깊은 겨울처럼 추웠다.

이것은 제주에 반해 그곳에서 살다 간 사진작가 김영갑의 이야기다. 그가 남긴 유고집 〈그 섬에 내가 있었네〉에서 '단 한 번도 사랑한다 말하지 못했다.' 라는 그의 글을 보았을 때 나는 알 수 없는 안타까움으로 가슴이 짠해 왔다. 그리고 그 말은 책을 덮고 난 뒤에도 마음에서 떠나질 않았다. '사랑한다는 말', 누구나 할 수 있는 말을 왜 그는 한 번도 하지 못했을까.'

'사랑' 이란 단어의 사전풀이는 '아끼고 위하며 한없이 베푸는 일' 이다. 참 좋은 말이다. 그 좋은 말을 우리는 얼마나 하면서 있는가, 하는 생각을 해 본다. 우리의 삶에서 사랑을 빼놓고 어떤 이야기를 할 수 있을까. 사랑은 받는 것도 주는 것도 따뜻하고 행복한 일이다. 그래서 예나 지금이나 끊임없이 사랑을 노래한다.

인간은 탄생의 순간부터 부모의 극진한 사랑을 받고 자란다. 그 사랑 속에서 성장하여 청춘이란 빛나는 시절에 열정적인 사랑을 만나 기쁠 때나 슬플 때나 함께하는 가족으로 귀착한다. 사랑이란 말은 어쩌면 우리 삶 전체를 아우르는 말이지 싶다.

고향 동창이었던 남편은 말 수가 적은 사람이었다. 그가 내게 해준 사랑의 고백은 '내 사람이 되어줘' 였다. 결혼해서 아이가 생기 문득문득 사랑한다는 그 말이 듣고 싶었다.

"당신 나 사랑해?"

"그걸 꼭 말로 해야 아나. 아, 그래 사랑해."

마지못해 한 마디 해 주던 생각이 난다. 어디 나뿐일까, 지난번 문우들 모임에서 옆자리에 앉은 B여사에게 느닷없이 물어보았다.

"바깥어른께 사랑한다는 말을 들어 보셨어요?"

"아니, 나는 한 번도 그런 말을 들어 보지 못했어요." 하며 멋쩍게 웃는다.

우리 세대들은 마음은 있어도 사랑한다는 말을 표현하지 못했다. 인의(仁義)를 근본으로 하는 유교 사상에 동방예의지국(東方禮義之國) 이란 교육을 받고 자랐기 때문이다. 나 역시, 이 나이 되도록 가족 들에게 사랑한다는 말을 글로는 써보았으나 말로는 쑥스러워하지 못했다.

첫 손자가 그야말로 무럭무럭 자라고 있다. 이제야 말문이 트여서

‘사랑해’ 라는 말을 아낌없이 해 주고 있다. 요즘 젊은 세대는 자기 마음을 당당하게 표현한다. 어쩌다 TV방송을 보면 노인들도 안아 주고 사랑한다는 말을 한다. 진행자가 유도하고 있겠지만, 어찌 되었든 이제는 가족에게도 친구에게도 이웃에게도 사랑한다는 말을 표현하며 살아야 할 것 같다. 그 말을 함으로써 우리의 삶은 얼마나 아름답고 따듯한 삶이 되겠는가. 삶의 근원이며 원천이 되는 사랑, 그 소중함을 다시 한 번 새겨 볼 일이다.

사람의 마음은 입발림이라 해도 사랑한다는 말을 들으면 기분이 좋아진다는 연구 발표가 나온 지 오래다. 마치 억지로 웃어도 좋은 호르몬이 나오는 것처럼 말이다. 이제라도 사랑하는 가족에게 또는 친구에게 ‘사랑한다는 말’ 을 아낌없이 해 주며 살자.

제주도의 바람이 된 사진작가 김영갑, 그처럼 ‘사랑한다는 말’ 을 아쉬움으로 남기지 말자.

호암산(虎巖山)의 여름

칠월 중순, 간밤에 내린 비로 숲 속 공기는 청량하다.

아침 여섯 시쯤이면 나는 산행으로 하루가 시작된다. 관악산 줄기 아래 있는 호암산이다. 정상에 있는 바위 모양이 호랑이 형상을 하고 있다 하여 붙여진 이름이란다. 천하대장군, 지하여장군, 두 개의 장승이 익살스러운 얼굴로 등산객을 반긴다. 초입에 들어서면 숲 속 향기는 한결 산뜻하다. 산세(山勢)를 설명하는 안내도가 서 있고 말라 있던 계곡에 물소리가 시원하다.

"안녕하세요? 일찍 오셨네요."

"예, 날씨가 좋습니다."

산을 오른 지 여러 해 되어 낯익은 얼굴이 많다. 약수터 표지판을 보며 가다 보면 '푸른 숲 가꾸기'에서 만들어 놓은 나무 계단과 난간을 만난다. 산그늘에도 긴 의자가 띄엄띄엄 있는데 나무의 곡선을 그대로 살려서 한껏 운치를 더해 준다. 한 번 쉬었으면 할 때 만나는 의자는 통나무를 생긴 그대로 잘라 만들었다. 나지막하게 설치해 놓은 모양새가 펑퍼짐한 아줌마들 엉덩이같이 생겨서 볼 때마다 웃음이 나온다.

"깍깍!"

"너희도 잘 잤니?" 나도 화답을 해 준다.

낙엽송이 시원하게 뻗어 있다. 나무 표피가 하얀색은 자작나무, 그 나무 앞에는 작은 정자가 있다. 올라온 길을 마주하며 나는 숨을 돌린다. 서울과 안양을 달리는 차들이 보이고 내가 사는 아파트도 시야에 들어온다. 먹이가 괜찮은지 통통하게 살이 찐 청설모 한 쌍이 소나무를 안고 돌며 올라간다.

"뒤따라가는 녀석이 수컷일 거야."

"무슨 소리, 요즘은 암컷이야."

동행한 친구 말에 나는 웃음이 나왔다. 이곳 시흥 호암산은 갖 가지 새가 많다. 안양에 있는 서울대학교 수목원과 산줄기가 닿아 있어서다. 초봄에는 나무 쪼는 소리가 온 산을 울리더니 딱따구리 란 녀석이 나무 중간쯤에 둥지를 틀었다. 새끼 두 마리가 조그만 입을 벌리며 먹이를 받아먹는 모습이 앙증맞고 귀여워 보는 즐거움 이 한몫했는데 서운하게도 이십여 일 만에 떠나 버렸다. '휘이익 쪼르르 쪽쪽쪽' 어디선가 휘파람새가 운다. 나는 이 새 울음소리를 들으면 〈나의 북한 문화유산답사기〉 묘향산 편이 떠오른다. 그곳 안내자의 말에 의하면 휘파람새는 홀아비 귀신이 변한 새란다. 그래서 시시때때로 '호올딱 벗고 자자. 호올딱 벗고 자자. 호호호'

하고 우는 거란다. 하기야 소리가 고운 꾀꼬리도 처녀 넋이 변한 새인지라 울 때마다 ‘머리 곱게 빗고 시집가고지고 가고지고’, 그렇게 운다는 설이 있다.

운(韻)을 맞추어 보면 그럴싸하게 맞는다. 새소리는 듣는 사람에 따라 수십 가지로 들린다고 한다.

노간주나무, 개암나무, 박달나무, 그리고 밤나무가 동무해 주는 오솔길로 접어들면 칼같이 생긴 칼바위가 위용을 자랑한다. 그 기세를 감상하며 조금 더 오르면 ‘한 우물’이라는 우물이 나온다. 신라 시대에 만들었다 하는데, 가물 때는 기우제를 지냈고 전시에는 군용으로 사용했다 한다. 기이한 일은 이 높은 곳에 어떻게 맑은 물이 늘 고여 있는지 심한 가뭄에도 물은 마르는 일이 없다. 정상에는 해태상 하나가 우뚝 서 있다. 조선 왕조 도읍설화에 기록된 것은 경복궁 해태와 마주 보게 하여 관악산의 화기를 누름으로써 장안의 화재를 막기 위해 세운 거라고 했다. 주술적인 뜻이 있나 보다. 그 밖에도 무학 대사가 창건했다는 호압사가 있고, 전시 때 치열했을 것 같은 성터가 자리하고 있다. 나는 언제나 성터 너럭바위에 앉는다. 산허리를 감고 있는 구름과 능선이 아름답다. 시원하게 불어오는 바람은 상쾌하고 골짜기에 얼굴 내민 노란 애기 똥풀은 오늘따라 더욱 곱다.

이 산을 찾은 지 십여 년이 넘는다. 하늘 높은 줄 모른다더니 작은 키에 몸은 비대해지고 숨을 쉬는 것이 버거운 증세가 왔다. 그 무렵, 동네 한 분이 위암 수술을 받았는데 회복이 빨랐다.

“참, 건강해 보이시네요.”

“새벽에 호암산으로 등산하러 다녀요. 근력도 생기고 기분도 좋아요.”

그 후 나는 그분을 따라 산행을 시작했다. 계곡을 끼고 생긴 등산로는 가파르지 않아 좋다. 봄이면 싸리꽃이 흐드러지고 오월이면 아카시아 향이 온 산을 덮는다. 멀미날 것 같은 밤나무 향도 빼놓을 수 없다. 여름이면 우거진 숲에 새들의 울음소리, 가을엔 나뭇잎과 떨어진 밤송이, 도토리 줍기에 바쁜 다람쥐와도 눈을 맞춘다. 그리고 한겨울의 눈부신 설경, 이제 나는 이 호암산에 묻혀 산다.

일이 힘들 때도 마음이 편치 않을 때도 나는 자주 산에 올랐다. 그때마다 이 산은 나를 넉넉하게 품어 주었다. 나뭇잎에 매달린 이슬이 이마를 적시면 가던 길을 멈추고 조롱조롱 열매를 달고 있는 나무를 본다. 봄내 꽃을 피우고 열매를 맺어 떨어트리는 가을을 준비하는 나무들, 불평 없이 자기 삶에 충실한 모습을 보면, 나도 자연을 닮아 보자, 애써 그런 생긱을 해 본다. 짙은 솔 향에 잡생각을 씻어 내고 내려오는 발걸음이 가볍다. 콘트라베이스 음향처럼 조용하면서도 장엄하게 찾아오는 자연의 숨소리, 이 모든 것이 나를 위해 있다고 생각해 보면 얼마나 큰 축복인가.

하루를 여는 아침의 맑은 정기를 가득 안고 하산하는 길은 잣나무가 있는 숲길이다. ‘사랑할 것이 너무 많다.’ 는 라디오 진행자의 오프닝 멘트가 오늘따라 기분 좋게 들린다.

내가 만난
클래식

내가 만난 클래식

'솨 – 아' 바람이 분다.

드넓은 평야에 키가 큰 호밀이 물결처럼 일렁인다.

열한 살짜리 꼬마는 눈을 감고 그 움직임의 소리를 음악으로 듣고 있다. 그리고 이내 양팔을 벌려 지휘를 한다. 지그시 눈 감은 소년의 얼굴은 마치 달콤한 꿈속을 거니는 듯 행복해 보인다. 시네라마로 다가오는 밀밭과 소년, 자연을 배경으로 한 영상은 감동으로 다가왔다.

밴드 싱어이자 기타리스트인 아빠와 첼리스트인 엄마 사이에서 태어나 특별한 음의 감각을 가진 소년 어거스트, 부모의 신분 차이로 외조부에게 버려져 보육원에서 자라게 된 아이는 입양을 거부하고 엄마 아빠를 찾겠다는 일념으로 기차를 탄다. 레일 위를 달리는 바퀴 소리도 음악으로 듣고 주변에서 들리는 잡음까지도

곡(曲)으로 듣는다. 음악의 천재성을 가진 아이는 우여곡절 끝에 '뉴욕오케스트라'를 지휘하게 되고, 마침내 공연장에서 애타게 그리던 가족을 만난다. 밀밭에서 바람 소리를 지휘하던 소년은 청중을 향해 지휘봉을 힘차게 휘젓는다. 며칠 전에 본 〈어거스트 러쉬〉라는 영화 내용이다. 줄거리는 단편 소설을 보는 듯했지만, 내 가슴에 감동으로 남아있는 것은 11세 소년이 세상의 모든 소리를 음악으로 듣고 있는 것이었다.

잎들이 반짝이는 봄, 요즘에 내가 듣는 음악은 비발디의 '사계' 중 봄이다. 워낙 유명한 곡이지만 다시 한 번 음미하며 들어 보니 느낌이 새롭다.

신 나는 봄이 와
새들은 흥겨이 노래하며 반기고
냇물은 산들 바람 실어
도란도란 흘러간다.

유럽 서정시 소네트가 곡을 소개하는 글에 쓰여 있다. 봄 1악장 빠르기를 지시하는 알레그로, 곡은 마치 맑은 호수에서 영롱한 물방울이 마구 튀어 오르는 듯 생동감이 느껴진다. 찬란한 봄의 기쁨이 표출되어 있고 생명이 숨 쉬는 움직임이 들리는 것 같다. 세상의 모든 만물이 깨어나는 봄, 아름다운 음률에 나도 모르게 빠져들어 간다. 어렵게만 생각했던 클래식이 우연히 만난 한 편의 영화 덕분에 무지했던 귀가 열린다.

내 스승님은 클래식을 즐겨 들으셨다. 브람스, 베토벤, 바흐, 쇼팽, 모차르트 음반을 바꾸어 걸어 드리면서도 건성으로 들었다.

"음악을 듣다 보면 그들의 영혼과 만나는 것 같아."

곡을 들으시며 이야기하셨을 때도 나는 아무것도 이해하지 못했다. 정말 무식꾼 그 자체였다.

초여름으로 가는 유월, '로테르담 필하모닉오케스트라' 공연이 있다는 소식에 나는 작정을 하고 집을 나섰다.

세종문화회관 대강당, 객석을 메운 청중은 숨을 죽이고 있었다. 이윽고 젊은 지휘자 야닉(Yannick Nézet-Séguin)이 무대로 나와 인사를 한다.

연주하는 곡은 구소련의 음악가, 드미트리 쇼스타코비치(Dmitrii Shostakovich)의 교향곡이다. 악기를 안고 70여 명의 단원이 준비를 하고 있다. 드디어 1악장 서곡이 흐른다. 화려한 선율의 바이올린, 차분한 음색의 비올라, 중후한 여운을 남기는 콘트라베이스, 저마다 악기가 내는 음색에 나는 놀라고 있었다. 경쾌한 왈츠는 우아하게 춤을 추는 남녀 한 쌍이 그려졌다. 때로는 커다란 산이 다가오는 듯 장대하고, 때로는 높은 파도가 질풍노도로 달려오는 것 같아 소름이 돋았다. 강렬하고 부드럽고 그런가 하면 플루트의 맑고 깨끗한 소리는 깨어나는 아침 숲으로 나를 안내한다. 이어 새들의 노랫소리에 내 마음은 더없이 평화로워졌다.

지휘봉을 든 야닉은 음을 따라 크고 작게 온몸으로 청중을 사로잡는다. 신비스런 현악기에 도취하여 시종일관 나는 눈을 감고 감상을 했다. 로테르담 필하모니의 탄탄한 연주는 너무도 완벽한 앙상

블이었다.

오늘 연주되었던 쇼스타코비치의 교향곡 5번은, 투쟁에서 승리라는 주제를 담고 있는데, 1937년 발표한 곡으로 '스탈린의 압제에 대한 쇼스타코비치의 대답이었다' 라고 해설이 되어 있다. 4반세기를 독재로 통치하던 시기, 개인의 자유를 말살하고 소련을 핵시대로 이끈 그 암울했던 시대적 배경이 작품 속에 녹아 있었다. 정치적 공포감, 애수에 찬 번뇌와 침통함이, 그런가 하면 다시 희망과 기쁨, 그 모든 것이 4악장에 걸쳐 표현되었다. 마치 인생의 모든 역정(歷程)이 곡 속에 다 들어 있는 것 같았다. 두 시간여 공연에서 나는 또 다른 세계를 경험하고 있었다.

인간의 마음과 여린 감성까지도 섬세하게 표현해 내는 클래식, 그 마법과도 같은 곡을 만든 음악가들은 일찍이 자연의 숨소리를, 아니 이 세상의 모든 소리를 음악으로 듣고 있었다. 앙코르곡까지 듣고 자리를 떠나며 그들의 영혼과 만나는 것 같다고 하셨던 내 스승님의 말씀이 무슨 의미였는지 나는 비로소 이해할 수 있었다.

"음악은 항상 우리 곁에 있어요. 마음만 활짝 열기만 하면 돼요."

음악을 사랑한 소년 어거스트, 그 꼬마가 한 말이 귓가를 맴돌았다.

꾀꼬리 선생님

‘꾀꼬리 선생님’, 요즘 나를 부르는 소리다.

이른 봄부터 시작한 구연동화반에서 얻은 이름인데 들을 때마다 느낌이 새롭다. 아동연극을 하는 선생님은 자연에서 좋아하는 것을 찾아 그것을 호칭으로 쓰겠다고 했다. 나는 언뜻 언젠가 다녀온 문학 기행에서 내 목소리가 꾀꼬리 같다고 말을 해 준 시인이 떠올랐다. 뭐 그렇다고 대단한 목소리는 아니다. 다만 음성이 조금 곱게 들렸던 모양이다. 그래서 나는 그 명칭을 써먹기로 했다. 꿈나무, 크낙새, 산세베리아, 초록, 백합, 진달래, 삼십여 명 모두 모이면 숲을 이룬다.

지난해 얻은 첫 손자를 안고 그림책을 뒤적이다 나는 문득 어머님 생각을 했다. 지금의 내 모습처럼 우리 아이들을 무릎에 앉혀 놓고 옛날이야기를 조근조근 해 주셨던 시어머님. 성인이 된 딸들은 그 할머니를 그리움으로 기억한다. 나도 손자를 위해 무엇이든 하고 싶었다. 그래서 생각한 것이 이야기를 재미있게 해 주는 구연동화(口演童話)다. 인터넷으로 이곳저곳 찾아보니 마침 55세 이상이어야 한다는 조건을 내걸고 이야기 회원을 뽑는 곳이 있었다. 봉사를 목적으로 하고 있다고 했다. 색다른 일은 내 생활에 활기를 줄 것이고 자원봉사라는 말이 낯설기만 한 나에게 좋은 기회라 생각되었다.

오십여 년 만에 어깨동무를 하고 '여우야. 여우야 뭐하니' 노래하며 술래잡기를 하는가 하면 둥그렇게 둘러앉아 수건돌리기, 빙글빙글 돌다가 의자 뺏기, 편을 갈라 하는 고무줄놀이…. 선생님은 우리들의 먼 기억 속에서 동심을 끄집어내고 있었다. 같은 뜻을 가지고 만난 사람들은 금세 친구가 되었다. 유난히 더웠던 지난여름, 그야말로 폭염 속을 뚫고 다녔다. 그리고 꼬맹이들이 들으면 재미있어 할 이야기를 찾느라 고심을 했다. 지혜와 용기가 담긴 이야기, 풍자와 해학이 넘치는 이야기, 착한 마음씨 덕에 복을 받는 이야기 등 백여 편을 섭렵했다. 그중에 우리 팀이 선택한 것은〈혹부리영감〉이다. 소고(小鼓)에 마음씨 좋은 할아버지 얼굴을 그려 넣고 주먹만 한 혹을 달았다. 그 혹은 스펀지를 깎아 살구색으로 칠을 하니 모양이 제법 흡사했다.

이야기는 줄거리로 뼈대를 세우고 이런저런 객담을 섞어 살을 붙이는데 그때그때 표현이 조금 달라도 용서가 되었다. 일테면 '그랬대' 아니면 '그랬지 뭐야' 등 할머니가 어린 손자에게 들려주는 이야기식이다. 혹부리 할아버지가 등장하는 대목에서는 '어험' 하는 헛기침부터 해 주고 목울대를 눌러 갈라진 목소리를 낸다. '우르릉 쾅쾅' 천둥과 번개가 치는 장면은 동작도 효과음도 커야 한다.

대본을 손에 들고 안개가 걷히는 아침 산을 오른다. 인적이 드문 숲 속에서 마치 연극배우나 된 것처럼 연습을 했다. 봄과 여름을 보내고 초가을로 접어들 무렵 수료증을 받았다. 처음 공연이 있던 날은 긴장과 설렘이 교차하였다.

"어린이 여러분, 오늘은 혹부리 영감님 이야기를 해 줄 거예요."

"네–에."

목청이 터져라 대답을 한다.

50여 명이나 되는 꼬맹이들이 호기심 가득한 눈으로 나를 보고 있다. 솜털이 보송보송한 얼굴에 반짝이는 눈, 정말 순수함 그 자체다. 혹을 떼는 장면에서는 까르르 웃기도 하고 도깨비가 출현했을 때는 눈이 커지면서 점점 내 이야기 속으로 빠져 든다. 모든 만물(萬物)의 새싹은 이리도 어여쁜 것인가, 초롱초롱한 눈망울을 대하고 보니 귀여운 얼굴에 뽀뽀라도 해 주고 싶었다.

주기적으로 아동 요양병원을 찾아 봉사하는 문우(文友)가 있었다. 이번에는 함께 가서 공연을 해 주었으면 좋겠다는 제의를 해 왔다. 우리는 흔쾌히 승낙을 했고 두 팀이 참여하기로 하였다.

청정한 가을, 오늘은 약속한 대로 요양원이 있는 강화군으로 가는 길이다. 하늘은 높고 들판은 황금색으로 일렁인다. 둑길을 따라 하얗게 핀 억새가 반갑다고 손짓한다. 도착한 시간은 오전 열한 시, 고즈넉한 시골 풍경 속에 아담하게 지어진 이층 건물이 눈에 들어왔다. 마당 한쪽에는 이르게 봉사를 온 여고생들이 말간 햇볕

아래 빨래를 널고 있었다. 입원해 있는 아이들은 칠십여 명이라고 했다. 휠체어를 탄 어린이도 보이고 목발을 짚은 아이도 있다. 우리는 이 층에 있는 넓은 강당에서 공연을 했다. 아이들은 재미있다고 손뼉을 치고 있었지만, 내 마음속에는 커다란 돌덩이 하나가 얹히는 듯 무거웠다. 곧 점심시간이 되었고 아이들 식사하는 것을 돕기로 했다. 나는 십 개월 된 아기를 조심스럽게 안았다. 버섯이랑 여러 가지 채소가 섞인 영양죽을 먹이고 있는데, 뜻밖에도 삼키는 것을 힘들어했다. 유전적인 문제일까, 부모의 잘못일까. 어린 생명이 너무나 가여웠다.

얼굴은 활짝 피어서 꽃송이처럼 예쁜데 걷지를 못하는 소녀, 아예 앉는 것도 어려워 누워 있는 처녀도 있다. 정말 가슴 아픈 현실이었다. 우리를 인솔한 문우를 그들은 엄마라 불렀다. 아이를 안아 주는 것도 자연스럽고 놀아 주는 것도 설지 않다. 한 아이는 가끔 집으로 데려가 가족과 함께 지내기도 한단다. 또한 이곳에는 지속해서 봉사하는 학생들이 있었다. 같은 또래의 장애아를 친구로 삼아 산책을 하는 남학생이 있는가 하면, 종이접기를 함께하는 여학생도 있다. 그들의 모습을 보면서 조금은 안도(安堵)의 마음이 생긴다. 묵묵히 봉사하는 사람들, 더불어 사는 모습이 아름답다.

오곡이 익어 가는 가을, 오늘의 행보는 놀라움과 감동을 주었다. 석양을 뒤로하고 나는 생각에 잠겼다. 그 많은 세월을 살아오면서 불편한 사람들을 위해 무엇을 했던가. 이렇다 하게 떠오르는 것이 없는 이 자리가 부끄럽고, 주름살 생긴다고 끌탕을 했던 자신이 또 부끄럽다.

“꾀꼬리 선생님, 안녕.”
“잘 있어. 재미난 이야기 가지고 또 올게.”
왜소증에 유난히 몸집이 작은 사내아이를 나는 가슴에 꼭 안아
주었다.

냉이와 씀바귀

산허리와 기슭을 뒤덮고 붉게 물들인 진달래의 만발한 무리를 보지 않고 봄을 보내서는 안 된다.

　우송(友松) 김태길 선생님은 〈아름다운 세상〉이란 글에서 만발한 진달래꽃을 보며 새봄을 맞이하라 하셨다. 그러나 나는 농촌에서 자라 그런지 진달래꽃보다는 냉이와 씀바귀를 캐 보지 않고 봄을 보낸다면 뭔가를 잃어버린 것처럼 서운하다.

　삼월 하순, 앞당겨 온 봄으로 여린 나뭇가지에 새순이 나왔다. 아파트 주변에 산수유, 개나리, 목련, 봄꽃들이 다투어 꽃술을 열었고 봄빛도 찬란하다. 삼동(三冬)을 이겨 낸 어린 생명들이 하루하루 모양새가 다르다. 우리 집에서 안양은 5분 거리다. 한창 예쁘게 나왔을 냉이와 씀바귀가 궁금해 며칠을 벼르다가 나는 차에 올랐다. 안양으로 가다가 박달동으로 접어들어 삼십 분쯤 달리다 보면 '물왕리' 라는 마을이다. 우선 그리 크지 않은 저수지가 앞에 있고 뒤편 중간 산에는 밤나무가 있는가 하면 왼쪽으로는 골을 따라 논과 밭이 펼쳐져 있다. 이곳은 내가 봄만 되면 호미와 바구니를 들고 찾아오는 곳이다. 건너편에 낯선 건물 하나 지어져 있고 지난봄 그대로다. 나는 논두렁길로 접어든다. 가을걷이하고 쌓아 둔 참깨 단에서 고소한 냄새가 난다. 고추를 따고 뽑지 않은 고춧대 사이에 냉이와 씀바귀가 실하다. 마침 간밤에 내린 봄비로 밭이랑은 마냥 부드럽다. 흙을 듬뿍 떠서 씀바귀 한 뿌리 냉이 한 뿌리 캐 보니 향긋한 냄새가 진동을 한다. '그래, 이 냄새야. 이것이 봄 냄새야.' 나도 모르게 중얼거린다. 일 년 만에 맡아 보는 향기는 머릿속까지 개운하다. 해마다 하는 일이지만 봄나물을 캘 때면 나는 언제나 기분이 좋다. 촉촉한 흙을 만져 보는 것도 좋고 봄이 오는 소리가 들리는 것 같아 좋다. 남쪽에서 불어오는 실바람이 목을 감싸고 둔덕에 앉아 있으니 고향처럼 편안하다. 봄이면 들로 냇가로 함께하던 동무들, 그리고 정든 산하(山河), 그 고향이 그리워 해마다 하는 나만의 행사인지도 모르겠다.

내 고향은 충청도다. 이맘때가 되면 냉이, 씀바귀, 달래, 벌금다지, 지칭개, 돌미나리 등 그야말로 천지간이 나물이다. 그중에도 어머니는 냉잇국과 씀바귀나물을 자주 상에 올리셨다. 농사를 지으셨던 아버지는 유독 씀바귀나물을 좋아하셨고 나 역시 들나물을 많이 먹고 자랐다.

초등학교 2학년 봄이었지 싶다. 그날도 대장간 집 딸 필순이와

바구니랑 호미를 챙겨 나물 캐러 들로 나섰다. 산을 개간해서 일군 끝자락 비탈 밭에 냉이와 씀바귀가 많았다. 우리는 재잘거리며 신명 나게 나물을 캐서 바구니에 담고 있는데 멀지 않은 곳에서 고함 소리가 들렸다.

"이놈들, 게서 나오지 못 혀!"

돌아보니 호랑이라고 별호가 붙은 키 작은 할아버지가 우리를 향해 달려오고 있는 것이 아닌가, 나물 캐는 재미에 보리 순이 뒤집히는 것을 모르고 있었던 거다. 가슴이 철렁했다. 쿵쿵 심장 뛰는 소리가 들렸고 필순이의 큰 눈은 더 커졌다. 순간 누가 먼저랄 것도 없이 바구니를 내동댕이치고 '걸음아, 날 살려라.' 하고 산으로 뛰기 시작했다.

"남 서방 딸인지 다 안다."

악을 쓰는 목소리가 바람결에 실려 왔다. 꾸중을 들을 걱정에 미적미적 놀다가 해거름쯤 집에 들어가니, 바구니는 댓돌 위에서 얌전히 나를 기다리고 있었다.

"나물도 좋지만, 보리 순을 망쳐서는 안 되지!"

아버지는 뜻밖에도 웃고 계셨다. 그 아버지 세상 떠나신 지 이십여 년이다. 이제는 아버지를 닮아 나는 씀바귀나물을 퍽이나 좋아한다. 어쩌다 몸살이 나도 생각나는 음식은 씀바귀나물과 냉이국이다. 냉이는 콩가루를 묻혀 된장국 끓이고 씀바귀는 살짝 데쳐서 고추장과 식초, 약간의 설탕 그리고 갖은 양념을 넣어 조물조물 무치면 쌉싸래하면서 새콤달콤한 맛이 일품이다. 그것도 금세 지은 따끈한 밥과 함께 먹으면 잃었던 입맛을 찾기에는 그만한 음식이 없지 싶다.

동의보감에 보면 '다년초 씀바귀는 성질은 차고 맛은 쓰나 독이 없다. 오장육부에 나쁜 기운을 제거시켜 주고 여름에는 더위를 먹지 않게 해 주며 심신을 편안하게 해 준다. 쓴맛은 위를

소화촉진을 돕고 입맛을 좋게 하여 봄의 나른함을 잊게 해 준다.’
라고 설명이 되어 있으니 봄이면 찾아오는 춘곤증에 탁월한 식단
이라 생각된다.

한참을 캐다 보니 냉이와 씀바귀가 바구니에 가득하다. 질펀히
앉아 쉬고 있는데 언제 왔는지 까치 한 마리가 깻단을 뒤진다.
고개를 연방 쫑긋거리더니 ‘깍깍 까르르’ 노래 한 곡 들려주고 날아
간다. 온갖 나물들이 돋아나는 싱그러운 봄, 입맛도 옛날로 돌아가
고 마음도 고향으로만 간다. 질그릇처럼 투박해서 뿌리치기만 했던
아버지 손길도 이제는 가슴 아리게 그립다. 고향이란 나서 자란
곳, 별날 것도 없지만 부모님과 형제가 있었고 유년의 추억이 있는
곳, 고향은 늘 그렇게 가슴 한곳에 남아 그리움으로 미소 짓게
한다.

오늘은 결혼해서 가까이 사는 딸 불러 씀바귀나물 무치고
냉이국 끓여 봄나물 잔치나 해야겠다.

아이들과 책 읽기

일주일에 두 번, 나는 초등 저학년 꼬맹이들과 동화책 읽기를
한다.

책상을 마주하고 둘러앉은 아이들은 차례로 책을 읽는다. 열두
명의 초롱초롱한 눈은 친구가 읽는 것을 조용히 듣고 있다. 오늘의
이야기는 착한 소녀가 돌 아래 깔린 용을 구해 주고 말만 하면
모든 것이 나오는 요술 맷돌을 얻어 행복하게 잘 산다는 동화다.
어느 대목이 재미있었는지, 느낀 점은 무엇인지, 돌아가며 이야기
내용을 정리하고 나면 나는 한 가지 더 질문을 한다.

"만일, 요술 맷돌이 여러분에게 생겼다면 무엇을 말하고 싶은가
요?"

"돈이 많이 나와서 부자가 되게 해 달라고 하겠어요."

"좋은 집과 맛있는 과자 나오라고 말하고 싶어요."

"동생 하나 달라고 할래요."

아이들의 대답은 각양각색이다. 헌데 마지막에 한 아이가 하는 말에 나는 귀가 번쩍 뜨였다.

"저는요, 먹을 것을 많이 나오게 해 달래서 아프리카에 배고픈 아이들 도와주고 싶어요."

"어머나 신통해라, 그런 생각을 했구나."

나도 모르게 칭찬의 말이 튀어나왔다. 돈을 이야기한 아이는 부모가 맞벌이하는 환경이고 동생을 원하는 아이는 자기 혼자여서 외로운 모양이다. 도와주고 싶다는 생각을 한 아이는 기특하게도 남을 배려할 줄 아는 마음이다. 아이들의 생각을 들여다보면 마치 아무것도 그리지 않은 도화지가 떠오른다.

교육학자 이성호 교수는 유치원을 다니기 시작하면서 꼬맹이들의 사회생활은 시작된다고 했다. 엄마와 많은 이야기를 나누며 자란 아이는 언어가 발달되고 이것저것 경험하며 자란 아이는 사고력이 넓어진다고 하였다. 되도록 보고 듣고 많은 것을 체험할 수 있도록 해 주란다.

동화책은 아이들에게 호기심과 읽는 재미를 준다. 전래동화는 옛날부터 내려오는 전설을 알게 해 주고, 창작동화는 작가의 의도가 숨어 있지만 그 이야기 속에는 가족에 대한 중요성을 알게 하고 장애가 있는 친구를 도와줄 수 있는 따뜻한 마음이 있는가 하면 환경을 소중히 해야 하는 지구 이야기, 상대방을 배려하는 착한 마음이 담긴 내용, 두려움이 많은 아이에게는 용기를 주는 책도 있고, 존재의 의미와 참된 우정을 알게 하는 이야기, 전쟁의 잔혹함과 평화의 소중함을 알게 하는 책 등 아이들이 읽기에 좋은 책은 그야말로 무궁무진하다.

책 읽기는 아이들에게 문화적 경험을 할 수 있게 하는 첫걸음이다. 그것도 초등학교 생활이 시작되는 시기에 엄마와 책을 읽고 이야기 내용을 정리해본다면 아이들의 정서에 더할 나위 없이 좋을 것이라 생각된다.

며칠 전에 읽힌 책은 〈의사 안중근〉이다. 나 역시 아이들과 함께 읽으며 그분의 업적을 다시 새겨보았다. 나무가 땅속에서 자양분을 얻어 성장하듯 아이들은 책을 통해 마음의 양식을 얻는다. 그것은 지혜롭고 슬기로운 아이로 자라게 할 것이다.

무한한 가능성을 갖고 크는 아이들, 그 순백의 마음에 멋진 그림을 그릴 수 있도록 도와주고 싶은 것이 내가 책을 읽어 주는 목적이며 희망 사항이다.

본존불의 미소

　벚꽃이 만개했을 무렵, 친구와 경주를 찾았을 때 일이다. 석굴암 본존불 앞에서 나는 한동안 넋을 잃고 서 있었다. 천 년을 피워 올렸다는 그 미소가 그날따라 느낌이 다르게 내 마음을 잡고 있었다. 더없이 편안하고 더없이 따스하고 더없이 화평한 자비의 미소, 딱히 표현할 말을 찾을 수가 없었다. 어디서부터 오는 미소일까, 참으로 그 깊은 혜안을 가늠하기 어려웠다.

　어머님을 따라 절에 간 것은 갓 결혼을 한 새댁 때였다.

　불공을 드리고 나면 점심 공양 시간이었는데 절밥은 늘 꿀맛이었다. ‘염불에는 맘이 없고 잿밥에만 맘이 있다.’는 말 그대로 철없는 새댁은 그랬다. 고향에 있는 ‘가섭사’라는 절은 올라가는 길만 시오리길이다. 지금은 차가 다니는 길이 생겼다고 하는데 그때는 가파른 산길을 숨 가쁘게 올라가야만 했다. 쌀과 초, 향을 어머님과 번갈아 지고 들면서 도량에 도착하면 이내 시장기가 돌았다. 법당 텃밭에서 자란 나무새를 금세 볶은 깨소금으로 무쳐 놓은 찬은 담백하고 맛이 좋았다. 말린 감자튀김에 까만 튀각은 언제나 입에서 살살 녹았다. 그렇게 오륙 년이 지났을 때였다. 대처 큰스님을 초청하여 법회가 있는 날이었는데 주제는 사람의 마음[心] 이었다. 무심코 듣던 법문 속에는 마음에 와서 꽂히는 말이 있었다.

"형태를 알 수 없는 사람의 마음이란 욕심을 내기로 말하면 이 세상을 다 주어도 족한 줄을 모르며, 비좁기로 말하면 바늘구멍 속에 들어앉아 있어도 비좁은 줄을 모른다."는 그 말씀은 뭔가 새로운 화두를 던져 주고 있었다. 마음자리가 화평하면 표정이 온화하고 얼굴은 곧 마음이라 했다. 하긴 언뜻 생각해 봐도 심성이 고운 사람은 표정도 곱다. 웃는 얼굴이 보기 좋고 환하게 미소 짓는 얼굴은 편안한 마음까지 보인다.

하루에도 천만 가지 상념이 들고 나는 마음이란 무엇일까. 그 문제가 때때로 나를 잡고 있었지만 속절없이 세월만 건너갔을 뿐, 거울에 비친 내 모습은 어느새 가을로 접어든 초로(初老)의 얼굴이다. 크고 작은 일들이 심상을 어지럽히고 그때마다 마음도 함께 동요되어 소용돌이쳤다.

매사에 넉넉한 사람을 보면 부럽다. 이런저런 성격이 있기에 조화가 되는 거라고 스스로 위로하지만 그것 역시 핑계일 뿐, 세상일에 허허 웃으며 여유롭게 대처하는 사람을 보면 나는 유행가 가사처럼 마냥 작아진다.

임권택 감독이 만든 〈아제아제 바라아제〉라는 영화에서 지금도 생각나는 장면은, 볏가리가 쌓여 있는 어느 한적한 시골 마을에 비구니 두 분이 길을 가고 있었다.

"좀 쉬었다 가요. 다리 아파서 더는 못 가겠어요."

뒤따라가는 스님의 말이다. 앞서 가던 스님은 갑자기 두엄 옆에서 모이를 주워 먹는 닭 한 마리를 솔개가 채듯 후닥닥 잡고 내달린다. 이를 본 동네 사람이 "닭 도둑이야!" 고함을 치니 스님은 뒤도 돌아보지 않고 뛴다. 다리 아파 못 가겠다는 스님도 덩달아 뛸 수밖에.

얼마를 달렸을까, 손에 들고 있던 닭을 놓아주며 두 스님은 파안대소를 한다. 가기 싫은 마음을 한걸음에 달리게 한 것, 던지는 메시지가 역시 인간의 마음이다. 즐거워하는 것도 한마음이요 힘들어하는 것도 한마음이다. 그렇다면, 그 마음을 잡아보면 어떨까 하는 생각을 해 본다. 불평보다는 감사한 쪽으로 허물보다는 고운 쪽으로 내 마음을 바꿔 보자 노력하니 일상이 조금은 편안해진다. '일체유심조(一切唯心造)' 모든 것이 마음먹기 달렸다고 수없이 들었건만 이제야 귀가 뚫리나 보다.

불가에서 이르기를 한마음 비우고 나면 바로 이곳이 극락이라는데, 마음을 다잡아 노력해 보리라 다짐해 본다. 이제는 마음이란 놈에게 끌려 다니지 말고 그 마음을 잡아 주인 노릇을 해 보리라.

한겨울 햇빛에 눈이 부시다. 이 찬란한 아침, 부처님의 부드러운 미소를 떠올리며 넉넉하고 여유로운 사람이 되고자 소망한다.

숨은 그림찾기

우리 동네 도서관은 아카시아 나무숲 속에 있다.

나는 가끔 이곳을 들리곤 하는데, 오늘은 〈한국의 美〉라는 책이 눈에 들어왔다. 그림에 문외한인 나는 책장을 넘겨보았다. 시작하는 인사말에 이어 〈옛 그림 감상의 두 원칙〉이란 제목 아래 그림을 보는 자세와 준비를 언급하고 있는데, 옛사람의 눈으로 보고 옛사람의 마음으로 느끼라 했다.

작은 그림은 바짝 다가서서 보고 큰 그림은 멀찍이 물러서서 보라고 한다. 병풍같이 거대한 그림을 그릴 때는 화가의 붓끝이 화면에 닿아 있어도 마음은 뒤쪽에 있어 각도와 선의 음영, 공간감, 그 모두를 생각해서 그린다 하였다. 그래서 그림과의 거리를 맞추고 보는 것이 무엇보다 중요하다고 했다. 미술관에서 흔히 볼 수 있는 광경을 이야기하는데, 진열된 그림이 크든 작든 일 미터 간격을 두고

개성이 어쩌면 이렇게 오밀조밀 그려 있는지, 웃고 찡그리고 놀라무심히 지나가는 사람이 많단다. 그런 사람은 그림을 볼 줄 모르는 분이라고 꼬집고 있다. 실은 내가 그렇게 보았을 것 같아 민망한 생각이 들었다.

옛날에 나온 책자는 오른쪽에서 왼쪽으로 읽게 되어 있다. 해서 옛 그림도 오른쪽 위에서 왼쪽 아래로 흐르듯 보아야 하고, 특별한 지식이 없어도 마음을 기울여 찬찬히 대하는 사람에게는 그림이 속내를 보인다고 했다. 다음 장은 그림 감상으로 들어간다. 그 유명한 단원(檀園) 김홍도의〈씨름〉이다. 마치 어느 외진 숲 속 길을 따라 들어서는 기분이다.

〈씨름〉은 작은 노트만 한 작품으로 이백 년 전에 서민들을 위해 화선지가 아닌 장지(壯紙)에 그린 풍속화라고 한다. 환등기로 확대해서 부분적으로 나누었는데 등장하는 인물은 모두 스물두 명이다. 이제부터 저자의 설명으로 들어간다.

중앙에 씨름을 하는 두 사람과 오른편 상단에 다섯 명, 왼편 상단에 여덟 명, 그 아래 네 명, 엿 파는 떠꺼머리총각이 있고, 오른편 하단에 두 명이다. 우선 오른편 상단부터 그림을 살펴보면, 중년 사나이가 입을 헤벌리고 씨름 구경을 하고 있다. 재미있으니까 윗몸이 앞으로 쏠렸고 자연스레 두 손이 땅에 닿았다. 그 옆에 총각은 상투를 틀었는데 수염이 없다. 요즘으로 짐작하면 중학교 삼 학년쯤 되었지 싶은데 장가를 들었다. 그런데 팔베개를 하고 반쯤 누워 있다. 상황으로 보아 씨름이 한참 진행돼서 막바지에 가깝다는 것을 알 수 있다. 그 뒤쪽에 옹송그린 두 꼬맹이 얼굴이

보인다. 머리를 꼭꼭 땋아서 묶은 꼬랑지가 달랑 위로 보이고
눈빛이 초롱초롱하다. 요즘 애들 같으면 앞에서 왔다 갔다 할 터인데
어른들 뒤에 얌전히 자리한 것을 보면, 그 시절 예의범절이 어떠
했는지 풍속까지 읽을 수가 있다.

김홍도 [씨름] 18세기

수묵채색화 ｜ 39.7 x 26.7 cm ｜ 국립중앙박물관 ｜ 보물 527호

이번에는 왼쪽 위로 가 보자. 구경하는 사람 중에 갓을 쓴 사람이 부채로 얼굴을 반쯤 가리고 있다. 헌데 다리가 저려 왼발을 슬그머니 내뻗었다. 약간 뚱뚱한 편인데 갓도 삐딱하게 쓰고 누가 뭐라하지도 않았는데 제 얼굴을 가리고 있는 품이 성격이 소심한 사람인 듯싶다. 그 사람 뒤에는 인자하게 생긴 노인 한 분이 의관도 반듯하고 허리를 똑바로 펴고 앉은 것이 젊어서부터 자세가 단정했던 것을 알려 준다. 그리고 옆에 두 사람은 무릎을 세워 깍지를 꼈다. 눈이 부리부리하고 턱이 다부지게 생겼다. 다소 긴장하고 있는 표정을 보아 다음 판에 나갈 선수다. 열심히 경기를 관찰하면서 이기고 있는 저 상대를 어떻게 요리할까, 강점과 약점을 관찰 중이다. 그리고 중앙에는 이 그림의 구심점(求心點)이 되는 씨름판 선수들이다. 자세는 '들배지기'인데, 기운 좋은 장사가 상대를 번쩍 들고 메다꽂기 전이다.

오른편 선수는 상대를 반쯤은 들었다. 따라서 들린 선수의 몸은 왼쪽으로 기울고 다리 한 쪽은 공중에 떠 있다. 광대뼈가 툭 나온 사람이 어금니를 앙다물고 있는 것을 보면, 이번에는 반드시 넘겨 버리겠다는 단단한 각오가 보인다. 반면에 지고 있는 선수는 눈이 똥그래 가지고 양미간 사이에 깊은 주름이 잡혀 있다. 쩔쩔매는 눈빛이 절박하다. 헌데 그림으로 보아선 왼쪽으로 넘어갈 것 같지만 오른편으로 넘어간다. 그것은 오른편 하단에 있는 구경꾼 두 사람을 보면 곧 짐작된다. 턱을 치켜들었고 입을 떡 벌리고 '어 억–' 소리를 내며 동시에 상체가 뒤로 물러나고 손은 뒤쪽 땅을 짚었다.

유도나 씨름에서 상대가 왼쪽으로 자빠뜨리려고 하면, '날 잡아

잡수!' 하고 넘어가지 않는다. 그러나 아슬아슬한 순간에 반대편으로 낚아채서 메다꽂으면 한판 경기가 끝이 난다. 이 작전은 데치기다. 화가는 그 절체절명의 순간을 포착해서 그린 것이다.

입을 헤벌리고 좋아했던 중년 사나이와 느긋하게 누워 미소짓던 젊은이는 승자 편이라 좋아했던 것 같고, 갓을 벗어놓은 두 선수가 심각한 눈빛을 하고 있는 것은 패자 편이라 짐작해 볼 수가 있다. 부채를 들고 있으니 모내기를 끝낸 단오 무렵일까, 작은 그림이지만 화폭 안에는 시절과 재미있는 줄거리가 분명하게 보인다.

그림을 보면 이상하게 틀린 곳이 있는데, 놀라서 뒤땅을 짚은 구경꾼의 손이 바뀌었다. 오른손에는 왼손을, 왼손에는 오른손을 그렸다. 그림을 보다가 놀라서 다시 한 번 살펴보게 하는데 그러면서 재미있으라고 일부러 장난을 친 것이란다. 일테면 '틀린 그림 찾기' 다.

벼 타작, 점심, 잎담배 썰기, 25장으로 된 풍속화첩 속에는 틀린 그림이 하나씩 숨어 있다고 한다. 어떤 그림은 발을, 다른 그림은 머리가, 정말이지 그림을 보고 있으면 재미도 있고 웃음도 나온다.

단원은 사람의 눈을 그릴 때 잔 붓으로 한번 콕 찍어서 슬쩍 삐치는 것만으로도 인물의 나이 성격, 그리고 처한 상황까지도 섬세하게 드러낼 수 있는 실력 있던 분이라는 설명에는 절로 고개가 끄덕여졌다.

나는 한 장 한 장 입맛 다셔 가며 보았다. 강사의 설명도 탁월했다. 노트만 한 그림 속에 스물두 명이나 되는 사람들의 표정과고 미소 짓고. 보면 볼수록 이야기가 엮어진다. 그리고 씨름의 백미인 막판 승부, 들배지기의 숨 막히는 순간을 보는 이로 하여금 다음 상황까지도 짐작할 수 있도록 절묘하게 그린 솜씨에는 입이 딱 벌어졌다.

그 옛날의 풍속을 들여다볼 수 있어서 매우 즐거웠다. 그리고 이런저런 생각을 해 본다. 대체 단원은 어떤 분이었을까. 이렇게 무궁무진한 상상력과 한 찰나의 순간을 척척 그려 내는 솜씨에 폭넓은 안목과 흉내 낼 수 없는 해학성, 이 모든 것을 갖추고 있는 화가의 성품과 인격은 어떠했을까. 어떤 용모를 지녔으며 일상은 또 어떠했을까. 호기심이 끝도 없이 일어난다. 그러나 한 가지 분명하게 알 수 있는 것은 서민에 대한 섬세하고도 따뜻한 배려다.

이제 그림을 바라보고 해석하는 방법을 배운 것 같다. 조상들이 이룩해낸 문화예술이 참으로 훌륭하고 격조 높은 것이라는 해명도 수긍이 되었다. 앞으로는 우리의 옛 그림이 있는 미술관 나들이를 자주 할 것 같다. 헌데 나는 화백의 영혼이라도 잡고 딱 한 마디만 여쭈어 보고 싶다.

"틀린 그림 찾기는 고단한 민초들이 한 번쯤 웃으라고 그러신 거지요?"

묵묵히 서 있는 독도

독도는 파란 바다 위에 거센 파도를 맞으며 도도히 서 있다.

섬 봉우리엔 대한민국 국기가 펄럭이고 괭이갈매기 몇 마리가 날고 있는데, 그 아래 작은 바위는 갈래갈래 갈라져 암석 그 자체다. 환한 조명은 태극기를 비추고 있다. 이림잡아 사방 7~8미디 크기의 실내에 설치된 독도 모형은 독도를 그대로 표현하고 있었다. 둘러보고 있자니 어디선가 파도소리가 들리는 것만 같았다.

3월 초부터 4월 중순까지 용산구에 있는 국립중앙박물관에서 〈가고 싶은 우리 땅 독도〉라는 제목으로 독도를 알리는 행사가 있었다. 조각을 전공한 큰애가 팀장이 되어 거의 3개월 걸쳐 완성한 작품이다. 날을 잡아 가까이 지내는 지인 한 분과 전시장을 찾았다. 나는 때때로 딸애 작품 앞에 서게 되면 정교한 솜씨에 내심 놀라곤 한다. 단체로 온 학생들도 있고 아기까지 안고 온 젊은 엄마도 보이고 관심이 있는 시민이 많았다. 청정해역 깊은 물빛을 보고 감탄하는 사람, 우뚝 솟은 바위를 보며 '똑같네!' 하는 사람, 갈매기 모형을 보고 웃는 사람, 툭하면 자기네 영토라고 우기는 일본을 말하는 사람, 그들은 진지하게 감상하고 있었다. 부끄럽게도 나는 독도에 대해 아는 바가 없었다. 울릉도 옆에 작은 화산섬이라는 것과 어느 가수가 부른 〈독도는 우리 땅〉이란 노래를 조금 알고 있을 뿐이었다. 매스컴을 통해 독도가 자기네 땅이라고 억지를 부리는 일본을 볼 때마다 잘 해결이 돼야 할 텐데…. 막연히 그렇게만 생각하고 있었다. 그러나 모형으로 본 독도와 울릉도 여행에서 보았던 독도는 내 마음속에 선하게 자리 잡고 있었다. 그뿐만 아니라 그 문제가 다시 불거지면 "아휴, 저 인간들 왜 또 저래." 나도 모르게 한마디가 튀어나왔다.

간간이 일본은 독도 문제를 야기(惹起)시키고 있다. 일본 교과서 해설서에 독도가 일본 땅이라는 내용을 싣기로 했다는 것이다. 그런데 이번에는 역사적으로 독도는 한국 영토임을 주장하고 있는 일본 학자가 있었다. 자국의 해설서 기술을 개정해야 한다며 백지화를 공개적으로 주장한 것은 이번이 처음이다. 참으로 다행한 일이 아닐 수 없다. 하나 왜 일본은 그토록 독도를 탐하고 있는지 나는 궁금했다.

평균 기온이 12도인 독도는 자원이 풍부한 지역이라고 한다. 국립해양연구원에서 해저 지형도를 완성한 것은 1999년이고, 독도 인근 해역은 초대형 하이드레이트(hydrate)를 품고 있는 청정지역이라고 했다. 그것은 21세기 석유 액화 천연가스(LNG)를 대신할 새로운 에너지로 평가받는다고 한다. 하이드레이트는 바다의 미생물이 썩으면서 발생한 메탄 가스가 물과 결합해 만들어지는데 형태는 드라이아이스와 비슷하고 녹으면 물과 함께 천연가스로 사용할 수 있는 메탄이 발생한다고 한다. 다만 메탄의 분리가 어렵다고 하는데, 독일에서 수년간 연구한 결과 하이드레이트 이용은 짧으면 십 년 내에 가능할 것으로 본다고 했다. 또한 독도는 남해안과 제주도와는 달리 특유의 생태계를 구성하고 있단다. 북쪽의 한류(寒流)와 남쪽의 난류(暖流)가 만나는 곳으로 플랑크톤이 풍부하여 참치, 방어, 가자미, 연어병치, 복어, 돌돔, 명태, 오징어, 그 외에도 많은 어류가 살고 있고, 해조류도 소라, 미역, 전복, 홍합, 다시마 등이 풍성한 황금어장이다. 그래서 그것은 울릉도 어민들의 중요한 수입원이 되고 있는 것이다. 섬 전체가 천연기념물로 지정된 지는 오래고, 무한한 자원이 매장되어 있는 곳이었다.

"독도가 물도 깨끗하고 자원도 대단한 곳이구나."

"그 작품은 물이 깨끗하여 물빛에 포인트를 주었어요. 독도는 심해자원이 엄청나거든요. 그래서 일본은 탐을 내고 있는 거고요."

딸은 저녁을 먹으며 말한다. 수심 2천 미터 지하에 묻혀 있는 자원과 청정해역의 어족자원, 그야말로 독도는 많은 비밀을 간직하고 있었다. 순간 이런 독도를 우리 국민은 얼마나 알고 있을까 하는 생각이 들었다. 나 역시 딸의 작품을 보고 나서 독도를 더 알게 되었으니 말이다. 박물관에서 했던 그 행사를 지방으로 순회하며 지속해 보는 것은 어떨까. 이름 모를 야생화가 지천으로 피고 거센 파도와 비바람을 맞으며 묵묵히 서 있는 독도, 그 신비의 섬을 가까이서 만날 수 있을 테니 말이다.

독도를 바라보는 그 마음을 정관(靜觀)이라고 명명하고 싶다. 그것은 고요한 상태에서 그윽한 마음으로 한결같이 의연하게 서있는 독도를 바라보는 마음 상태다. 앙칼진 겨울바람이 파도를 가르는 망망대해 때로는 폭우가 쏟아지고 눈보라가 몰아치기도 한다. 화창한 봄날에는 물안개가 피어오르고 작은 섬을 신선의 세계처럼 휘 감는다. - 독도 견문록

울릉군이 매년 10월 25일을 '독도의 날'로 제정했다는 소식이 들린다. 독도의 날 제정 운동은 대한민국 국가 기념일로 만들기 위함이라고 한다. 속히 결정이 되어 우리 모두 함께 참여하는 행사가 되었으면 하는 바람이다. 자주 망발을 해 대는 그들에게 우리 국민의 단합된 힘을 보여 주어야 할 것 같다. 외국 여행도 좋지만 생성의 비밀을 품고 있는 동해의 파란 바다 앞에 서 보는 것은 어떨까.

아침 해가 찬란하게 떠오르는 동해. 슴새, 바다제비, 황조롱이, 가마우지, 괭이갈매기, 새들이 쉬어 가는 곳. 거친 파도를 맞으며 묵묵히 서 있는 독도를 우리는 굳건히 지켜 가야 할 것이다.

가고 싶은 우리 땅
독도
2006. 3. 7 ▶ 4. 16
국립중앙박물관 기획전시실 Ⅱ

우리 것은 좋은 것이여

오늘은 장구 발표회가 있는 날이다.

까마득한 어린 시절 학예회가 있는 날처럼 들떠서 일찍 잠이 깨었다. 하얀 블라우스와 검정 스커트를 챙기고 공연장을 향해 집을 나섰다.

지난해 사월, 예기치 못한 사고로 아킬레스건 수술을 받고 하던 일을 정리했다. 긴 세월을 일 속에 묻혀 살았다. 시간에 쫓길 때는 한가롭게 쉬어 봤으면 했지만 막상 일손을 놓게 되니 예상했던 것과는 사뭇 달랐다. 그래도 대여섯 달은 지낼 만했다. 보고 싶은 사람들도 만나 보고 짧은 여행도 했다. 그동안 밀린 일도 하고 집 안 구석구석 정리도 했다. 그러나 시간이 가면서 무료함에 지루하다는 말이 자꾸만 튀어나왔다.

언제부터일까, 하늘하늘 늘어지는 여덟 폭 치마를 날렵한 허리

춤에 휘감고 신명 나게 치며 돌아가는 설장구가 보기 좋았다. 사뿐히 내딛는 하얀 버선에 채편을 번쩍 들며 '허이' 하는 추임새가 곁들어진 장구춤은 체증을 뚫어 주듯 통쾌함을 주었다. 형형색색 고운 옷을 입고 힘차게 치는 장구 한 마당. 그 자태는 그야말로 물 찬 제비라 늘 마음 한쪽에 남아 있었다.

삼 년 전 고향 선배님의 문학상 시상식 날, 축하객으로 갔다가 오는 길에 동숭동 거리를 지나게 되었다. 대학로에는 젊은이들의 농악이 흥겹게 어우러지고 있었다.

"덩덩 덩더꿍" 장구소리가 어찌나 흥겨운지 비집고 들어가 한판 춤이라도 추고 싶은 것을 동행한 친구가 말리는 바람에 아쉬운 마음으로 돌아섰다.

"네 끼도 알아줘야겠구나." 친구 말이다.

하늘이 유난히도 맑은 가을, 나락을 거두는 들녘에는 아버지의 농악대 소리가 건들마를 타고 퍼졌다. 달구지에는 볏단이 가득 실리고 살찐 메뚜기가 이리저리 뛴다.

"개갱 개갱 갱갱" 빠른 손놀림은 자진모리장단으로 들어간다. 징, 북, 장구, 태평소가 울려 퍼지는 농악은 동네를 축제 분위기로 몰아간다. '농자천하지대본(農者天下之大本)'이란 깃대가 바람에 펄럭이고 흥이 고조된 농악 한마당이 벌어지면, 동심은 깃발처럼 바람 따라 둥실 떠다니는 듯 마냥 즐겁기만 했다.

그 아버지에 그 딸이라 했던가, 어디서 징- 하는 소리만 들려도 나는 귀가 열린다.

구로에 있는 백화점 문화센터 장구반에 등록을 했다. 장구를 앞에 놓고 보니 이제부터 배운다는 기대에 마음이 설레었다.

장구는 궁편과 채편이 있고, 가운데 잘록하게 들어간 부분을 조롱목이라 한다. 양쪽을 함께 치면 '덩'이고, 왼쪽을 치면 '쿵'이고, 오른편을 치면 '딱'이다. 음 표명이 덩, 쿵, 딱으로 되어 있는데, 박자에 따라 장단이 된다. 양편 중앙을 정확하게 두들겨 주어야 소리가 명쾌하고, 쥐는 것이 어설퍼도 소리가 제대로 나오질 않는다. 휘모리장단, 동살풀이, 자진모리장단, 굿거리 등 장단마다 묘미가 있다. 거듭되는 연습 속에 열 달, 나는 중급반으로 올라갔다.

언제나 새로운 것을 익힌다는 것은 즐거운 일이었다. 무료함에서 벗어나 나는 재미를 붙여 갔다. 손놀림이 부드러워지고, 높고 낮음이 귀에 들어왔다. 매력 있는 대목은 굿거리 중에서 덩 – 덩 – 덩 덩 "얼쑤!" 하며 힘차게 추임새를 할 때다. 우리 것이 이토록 멋이 있는 가락인지 모르고 있었다. 아버지가 그렇게 흥겨워 하셨던 것이 이해가 되었다.

일 년에 한 번 주최 측에서 발표회를 한다고 했다. 구민회관을 빌려서 한다고 하니 따지고 보면 가족들 잔치다. 그래도 그동안 연습을 부지런히 했다. 그리하여 오늘 발표회 날이 온 것이다. 운전을 하면서 순서를 잊을까 입장구를 쳐 본다. 회관 앞뜰은 차량이 즐비했다. 분장실에서 옷을 갈아입고 매무새를 다듬었다.

"공연시작 하기 전에 갈게요."

딸 전화를 떠올리며 단원들과 함께 무대 위로 올라갔다. 인사를 하고 보니 그래도 객석이 빈틈없이 꽉 차 있었다. 조명이 켜지고 공연이 시작되었다. "쿠쿵 쿠쿵 쿠쿵 딱" 약한 박에서 중간 박으로 넘어간다. 나는 무대 주인공이 된 듯 장구채를 신이 나게 휘둘렀다.

"얼씨구 좋다!"

흥겨운 소리가 객석에서 들린다. 마치 아버지 목소리처럼 내겐 환청으로 들려왔다. 그리고 덩실덩실 춤을 추셨던 그 모습이 스크린처럼 지나간다. 그리고 어린 시절, 기쁨으로 일렁이었던 그 희열이 다시 한 번 나를 휘감는다.

박수 소리가 들리고 무대를 내려오니 그것도 발표회라고 딸들이 꽃다발을 안겨 준다. 저만치 객석에 앉은 동생 부부가 손을 흔든다.

"우리 엄마 잘하시네. 근데 참 신 나고 흥겹네요."

"그래 고맙다. 역시 우리 것은 좋은 것이여."

한마당 놀고 난 감흥에 나도 모르게 딸 어깨를 꼭 안았다.

가끔은 취해서 살고 싶다

'예술가의 술 사랑 이야기는 미술로 풀어낸 술의 얼굴이다.'

〈세상을 취하게 하라, 愛 술로〉라는 주제를 걸고 예술 속에 술을 다룬 기획전이 열리고 있었다. 과연 술의 얼굴은 어떻게 생겼을까. 나는 호기심이 발동을 했다. 술하고는 평생 인연이 없는 얌전한 친구 한 명을 불러냈다. 안국동 미술관 입구에는 술이 담긴 작은 잔이 놓여 있고, 전시장에선 은은한 술 냄새가 풍긴다. 나는 천천히 그림을 둘러보다가 한 작품 앞에서 발을 멈추었다. 제목이 '한잔하고 바라본 세상'이다. 눈동자 두 개가 동력 장치를 달아 뱅글뱅글 돌고, 취해서 바라보는 세상은 정신없이 돌아가고 있었다. 한잔의 유혹, 욕망의 해방구, 중독의 상처, 취중 파노라마, 십여 명의 작가들이 그림으로 풀어낸 술의 얼굴은 흥미롭고 독특했다. 특히 '취무(醉舞)'는 한쪽 발을 들고 엉거주춤 춤을 추고 있어

나도 모르게 웃음이 나왔다. 예술가들의 고뇌라고 할까, 삶의 애환이라고 할까, 묘한 감정을 안고 전시장을 나왔다. 사람을 취하게 하는 술, 과연 그 술은 무엇일까. 새삼 궁금증이 일었다.

조선 후기 화가 오원(吾園) 장승업은 술이 있어야만 그림을 그렸다고 한다. 대표작 〈호취도〉를 보면 독수리의 장쾌한 기상이 느껴진다. 억센 발톱과 매섭게 쏘아보는 눈은 금세 날아오를 듯 생기가 넘친다. 언젠가 오원의 일대기를 그린 영화 '취화선'을 감동으로 본 적이 있다.

천민으로 태어난 그의 삶은 술과 예술이었다. 무엇보다도 영감을 북돋아 주는 것은 오로지 술이었다. 호방한 필묵법과 정교한 묘사로 생동감 넘치는 작품을 남겼으나, 속박을 싫어해 구름 같은 인생을 살았으며 난국(亂局)으로 가는 암울한 시기에 자기만의 색깔을 찾고자 수없이 고뇌했다.

끝 간 곳 없는 수평선에 백구(白鷗)는 날고 작은 봇짐 하나 둘러메고 정처 없이 떠나는 오원. 생사란 뜬구름과 같은 것, 앓는다, 죽는다, 장사를 지낸다, 떠들 필요가 무어냐?' 그가 남긴 말에서 인생무상과 그의 인생관이 엿보인다. 고민하고 방황하고 광기의 삶을 살았으나 그림에 취한 시선(詩仙)으로만 기억되는 것은 살다 간 발자취가 신비롭기 때문일까.

삼사 년 전만 해도 나는 술이라면 딱 질색이었다. 더구나 취해서 눈동자가 허공에 걸린 사람을 보면 그 자리를 피하기에 바빴다. 술이 술을 먹고 그 술이 깨도록 주사가 고약한 사람을 보면 허물없이 지내다가도 두 번 다시 어울리지 않았다. 평상시에는 별로로 말이 없던 사람이 술 한 잔을 하면 갑자기 다변(多辯)이 된다. 주벽이 심해 싸움으로 가는 사람도 있고 고래고래 소리를 지르고 징징 울기도 한다. 취한 모습은 각양각색이다. '술은 어른 앞에서 배워야 한다.' 는 말을 들었을 때는 뭐 그럴 것까지 있을까 했지만, 술버릇이 고약한 사람을 보면 '쯧쯧' 나도 모르게 혀를 차게 된다.

가끔 저녁 모임이 있는 날이면 어김없이 술잔이 내게로 온다.

"자네도 이제 한잔해도 될 나이가 되었네."

술 마실 때가 되었다면 나도 나이가 많다는 뜻일게다. 어찌 되었거나 한 잔씩 받아 마신 것이 계기가 되어 이제는 조금씩 하게 되었다. 헌데 나는 술 한 잔을 마시고 나면 웬일인지 기분이 좋아진다. 뿐인가, 노래도 나온다. 껄끄러운 사람도 편안하게 보일 만큼 마음이 너그러워진다. 전화를 받다가 느닷없이 흥얼거려 실례를 범한 적도 있지만, 조금은 취해 우스갯소리도 하고 너스레도 떨고, 그렇게 농을 좀 하는 사람이 좋아진다. 어쩌다 한잔 술에 흥얼거리면,

"남 여사 망가지는 것도 하루아침이네."

나를 새침데기라고 불렀던 이웃 형님의 말이다.

내 아버지는 약주를 좋아하셨다. 그 유전인자를 고스란히 받았는지 내가 남아로 태어났다면 술깨나 마시는 한량이었을지도 모르겠다. 일하고 아이들 키우고 반평생을 내 딴에는 열심히 살았으니 이제 한잔한다고 누가 나를 탓하겠는가. 술상 앞에서 조금은 흩어져도 괜찮을 터, 구차한 변명으로 자신을 격려할 때도 있다. 세월이란 참 무서운 것이라 느껴진다. 내 삶에서 정도(正道)만 추

구했던 내가 이제는 칼같이 정확한 사람을 보면 숨이 막히는 기분
이 든다.

　예술가의 영감을 북돋아 창작을 도와주는 술, 서먹한 자리도
한잔 돌아가면 부드러워지고 인간관계에 윤활유가 되어 주는 술,
좋은 사람들과 한잔 기울이며 삶의 노곤함을 풀어 버린다면 그
자리가 왜 아니 즐겁겠는가. 비로소 술을 좋아하는 애주가들의
마음을 알 수 있을 것 같다. 다만 집에서 담는 약술도 과하면 몸을
해한다 했으니 본인의 주량을 알아 알맞게 마시고 기분 좋게
깬다면, 술은 마음의 갈증을 풀어 주는 좋은 벗이라 생각된다.

　서민경제가 어려운 요즘, 지나치어 실수하지 않는다면 조금은
취해서 살아도 좋으리라. 사람에 취하고, 아름다운 산수(山水)에
취하고, 그리고 사랑[愛]의 술로 가끔은 취해서 살고 싶다.

푸른 별이여
영원 하라

푸른 별이여
영원하라

무한한 공간에 별들의 군무(群舞)가 시작된다.

그 속에 파란색의 지구가 보인다. 유영하듯 원을 그리며 돌다가 이내 한 곳으로 클로즈업되면서 대한민국 지형이 지구 표면 위로 서서히 떠오른다. 그리고 어느 곳일까, 울창한 숲 속에서 화면은 멈춘다. 낙엽송이 뻗어 있는 숲길을 중년 부부가 다정히 손을 잡고 걸어간다.

빛과 어둠 속에서
생명의 신비를 안고 태어난 별
우주를 이루고 있는 수많은 별 중에
가장 아름다운 파란 별
그 안에 우리가 살고 있습니다.

잔잔한 음악이 흐르고 짧은 글이 자막으로 지나간다. 새벽 6시가 되면 시작하는 TV 프로그램 '명상의 시간'이다. 동그랗고 파란 지구가 화면 가득 다가온다. 파란색은 어찌나 선명하고 투명한지 빛을 발한다. 지구가 파란별이라는 것은 알고 있었지만 이렇듯 자세히 보기는 처음이다. 청록색빛은 푸른 물감을 풀어놓은 듯 화려하고 약간의 붉은색은 푸른색과 얼크러져 신비스럽다. 나는 문득 '저 아름다운 별 속에 내가 살고 있는 거구나!' 하는 생각이 들었다.

생텍쥐페리의 동화 〈어린 왕자〉에서는 B-612라는 소행성에서 왔고 우리는 생명을 키우는 별 지구에 산다. 생각해 보면 경이로운 일이 아닐 수 없다. 인도 격언(格言)에는 '인간은 지구라는 별에 함께 여행을 온 동료자'라고 했는데 그 말처럼 인간은 어느 별에서 잠깐 여행을 온 것인지도 모르겠다.

지구는 태양계가 이루어졌을 때 다른 행성과 함께 생겨났다고 한다. 표면을 덮고 있는 육지와 바다의 비율은 3 : 7로 물이 7할이다. 아폴로 11호가 찍은 지구의 모습은 지형의 기복이 아니라 색채였고 육지는 우아한 분홍색이고 바다는 청록색, 그래서 파란색으로 보인다고 하였다. 광활한 우주의 세계를 알 수는 없다. 다만 태양을 중심으로 9개의 대행성과 수만 개의 소행성이 있다는 것을 과학 시간에 배웠던 것이 생각난다. 어찌 되었든 그 많은 별 가운데 제일 아름다운 별, 지구에 우리 인간이 살고 있는 것이다.

시월 중순, 바다가 보고 싶어 낚시를 가는 동생을 따라나섰다.

충남 태안군에 있는 해수욕장, 바위가 학처럼 생겼다 해서 이름이 '학암포(鶴岩浦)'이다. 바다는 잔잔하다. 썰물로 백사장은 텅 비어 있고 가을 하늘 아래 파도는 조용히 밀려오고 밀려간다. 수평선을 뒤로하고 소나무가 있는 작은 섬 하나가 떠 있다. 동생은 갯바위에 서서 낚싯대를 던지고 나는 바다를 가슴에 담는다. 동그란 지구에서 보았던 파란빛, 그 아름다운 빛을 이곳에서 본다. 섬과 바다, 아늑한 포구를 따라 둥그렇게 난 모랫길이 끝없이 펼쳐져 있다.

"조그만 물고기가 보이네."

"학꽁치 새끼거나 멸치일 거야."

낚싯줄을 만지며 동생은 말한다. 헌데 계속해서 그 수가 늘어난다. 열 마리 스무 마리 아니 셀 수가 없다. 순간 하얀 은빛 비늘을 반짝이며 멸치 떼가 새까맣게 몰려오고 있는 것이 아닌가, 동해안에서 멸치 떼가 나타난다는 말은 들었지만 이곳 서해안에서 보게 될 줄은 예상 밖이다. 학꽁치나 고등어 떼에 쫓겨 온다고 했다. 갑자기 몰려온 멸치 떼에 사람들은 모여들었다. 뜰채로 잡고 비닐봉지로 잡는 사람도 있다. 나도 물속에 손을 넣으니 댓 마리가 잡힌다. 튀어 오르고 빠져나가고, 조그만 생명은 힘이 대단했다. 이십여 분 동안 밀물과 함께 올라온 멸치들의 행군은 그야말로 장관이었다. 바다는 싱싱하게 살아 숨 쉬고 있었다.

인간은 태어나면서 먹는다. 죽는 날까지 먹는다. 넉넉하게 먹을 수 있게 되면서부터 먹는 것보다 더 많이 쓰레기를 만들어 냈다. 별 중에 아름답던 별 지구, 그러나 먹는 것에 눈이 뒤집힌 자들이 그 별을 더럽혔다.

소설 〈난지도〉 앞부분이다. 인간이 만들어 내는 쓰레기 때문에 지구가 몸살을 앓고 있는 이야기다. 그러나 20년 후, 난지도는 억새가 나부끼는 하늘공원으로 바뀌었다. 그 누가 짐작이나 하였겠는가. 지난가을, 한강이 보이는 억새 숲을 거닐며 나는 감탄을 금치 못했다.

지구와 인간은 하나라는 설(說)이 있다. 지구가 오대양 육대주로 구성되어 있다면, 인간의 몸도 오장육부로 지구처럼 물이 7할이다. 우리 몸에 문제가 생기면 스스로 치료하는 자생능력이 있듯이 지구 또한 스스로 자정작용(自淨作用)을 한다. 그리하여 고맙게도 어지간한 상처는 시간과 함께 치료된다.

나는 요즘 튀기는 음식을 피하는 편이다. 어쩌다 기름이 쓰이는 음식을 하게 되면 종이 행주로 깨끗이 닦아 내고 설거지를 한다. 차량이 쏟아 내는 매연과 온실가스 배출, 그리고 매일 나오는 쓰레기 때문에 지구는 여전히 몸살을 앓고 있다. 그러나 지혜로운 인간의 또 다른 환경과학으로 지구를 구제할 대안이 나오리라 나는 믿는다. 그래서 희망을 품는다. 생명이 살고 있는 이 파란 바다는 늘 아름답게 존재할 것이라고.

올가을은 유난히 곱다. 서해대교를 건너 돌아오는 길에 단풍이 물속으로 빠지고 있다.

신비의 별 지구, 그대는 살아 있는 생명체. 푸른 별이여, 영원하라.

아리랑과
더불어 산다

아리랑 – 하면 나는 강원도 〈정선아리랑〉이 떠오른다.

비가 올라나 눈이 올라나 억수 장마질라나
만수산(萬壽 山) 검은 구름이 막 모여든다.
아리랑 – 아리랑 – 아라리요, 아리랑 – 고개로 나를 넘겨주오.

이렇게 시작되는 〈정선아리랑〉은 사람의 간장을 녹이듯 구성
지게 넘어간다. 가사를 살펴보면 무척 다양하다. 사랑도 노래했고
쓸쓸함도 호소했고 시름을 달래기도 했다. 민초들의 삶을 그대로
노랫말로 만들었기 때문에 가슴 깊이 다가온다.
　아침 산행을 하는 벗 중에 민요를 전공으로 하는 친구가 있는데,
어찌나 맛나게 잘 부르는지 듣고 있으면 절로 흥이 난다. 가끔 한 대

목씩 따라 부르다 보니 나도 그 맛을 조금 알게 되었다. 〈정선아리랑〉은 편안한 평음(平音)에서 시작되어 가락은 길게 넘어가는데, 구부리고 흔들고 내지르고 끝소리에 변화를 주는 것이 이 노래의 특징이다. 간혹 청승 끼가 있어 싫다고 하는 사람도 있다. 그러나 음절 하나하나에 뜻이 있고, 옛사람들의 가슴속 한풀이에 한몫 했다면 더 할 말이 무엇이랴.

민요 〈아리랑〉은 60가지나 된다고 한다. 지방마다 아리랑이 있어 그곳 토양에 맞게 노랫말을 만들었다. 황해도 〈해주아리랑〉, 강원도 〈정선아리랑〉, 경상도 〈밀양아리랑〉, 전라도 〈진도아리랑〉, 경기도는 〈본조아리랑〉 등. 그 밖에도 팔도를 대표하는 〈아리랑〉이 있고, 긴 아리, 짧은 아리, 그야말로 수없이 많다.

우선 귀에 익은 것을 살펴보면 경상도 말씨는 격하고 열정적이다. 그래서 〈밀양아리랑〉은 조금 억세게 불러야 제 맛이 난다. 세마치장단으로 슬픈 느낌은 없고 그곳 사람들처럼 꿋꿋하고 씩씩한 느낌을 준다. 또한 평창과 함께 동남부에 자리한 강원도는 험한 산이 많다. 그리하여 그 험준한 산을 오르며 부를 수 있도록 느린 12박이 〈정선아리랑〉이다. 반면에 서둘러 내려와야 할 때는 바쁜 걸음에 맞는 엮음 아라리의 빠른 박자이다.

'태산준령 험한 고개, 칡넝쿨 얼크러진 가시덤불 헤치고.' 듣고 있으면 정말 단숨에 내려왔을 것 같다. 기름지고 드넓은 호남평야에 진도 아리랑은 자진모리장단이다. 농요로도 불리고 여러 사람이 어울려 놀 때도 즐겨 부르며, 선소리꾼이 두 장단을 메기면 남은 사람이 받는 흥겨운 가락이다. 가사보다 엮음의 묘미가 특색이다.

〈서편제〉영화를 보면, 화면 가득 청산도 바닷바람에 일렁이는 청보리가 보이고 섬 전체가 푸르다.

'아리 아리랑 쓰리 쓰리랑 아라리가 났네~에' 밭을 따라 쌓은 돌담길을 걸어가며 송화가 선창하면 후렴을 아버지와 동생이 받았다. 그것이 〈진도아리랑〉이다. 그곳 풍광은 잊을 수 없는 명장면이다. 그리고 외국인도 잘 따라 부르는 〈경기도아리랑〉은 한국인이라면 누구나 부를 수 있는 노래이다.

일제 강점기에 위안부로 끌려갔다가 캄보디아에서 살고 있는 할머니, 자신의 이름과 나이 고향마저도 잊은 그녀가 부르던 노래는 〈아리랑〉이었다. 그것은 한국인끼리만 통하는 정서였다. 이토록 애창하는 〈아리랑〉은 우리 민족을 대표하는 노래이다.

〈아리랑〉에는 풍자와 해학이 들어 있다. '날 좀 보소, 날 좀 보소, 날 좀 보소, 동지섣달 꽃 본 듯이 날 좀 보소.' 엄동설한에 꽃을 본 듯 반가워하라는 얘기다. '춥냐 덥냐 내 품 안으로 들어라. 베개가 높고 얕거든 내 팔을 베어라.' '청천 하늘엔 잔별도 많고, 우리네 살림엔 수심도 많다. 인생이 살면 몇백 년 사나 개똥 같은 한세상 둥글둥글 사세.'

가사를 살펴보면 웃음도 나오고 눈물이 나기도 한다. 고달프고 힘든 삶을 아리랑 가락에 담았다. 힘차게 내지르고 부드럽게 풀어주고, 나도 친구와 한가락 부르고 나면 체증이 뚫리는 듯 속이 시원하다. 이래서 민요를 좋아하는 사람들은 그 멋과 맛을 알고 있다. 때마침 우리 〈아리랑〉이 유네스코 인류 무형유산으로 등재되었다는 반가운 소식이 들린다.

누가 가르쳐 주지 않았는데도 사람들은 〈아리랑〉을 잘 부른다. 나도 어디서 〈아리랑〉이 울려 퍼지면 우리는 같은 겨레 같은 사람이라는 자긍심이 우러나온다.

'아리랑 – 아리랑 – 아라리요 아리랑 – 고개로 나를 넘겨 주오.'

이 땅 어느 곳에서나 부르는 노래 〈아리랑〉, 우리는 아리랑과 더불어 산다.

싱겁게 먹기

점심시간에 나온 음식은 싱싱하고 깔끔했다.

채소와 과일, 견과류가 넓은 그릇에 담겨 있고 잡곡밥과 무청 시래기국에 살짝 구운 연어도 있다. 종류는 다섯 가지인데 우선 자연 그대로의 색이 살아 있어 미각을 자극했다. 먹을 만큼 접시에 담아 연어 한 조각을 입에 넣었는데 거의 간이 없다. "아유, 싱거워라." 내 입에서 나온 한 마디다. 이곳에 차려진 음식은 친환경 식단으로 인공조미료와 트랜스지방을 사용하지 않은 음식이라는데 먹기 어려울 정도로 싱거웠다. 테이블에는 30분 걸려 내려가는 모래시계가 있고 그 옆에 있는 메모지를 보니 30분 먹고, 30번 씹고, 30가지를 먹으라는 글이 적혀 있다. 우리는 천천히 이 신선한 음식을 음미하며 먹기 시작했다. 이곳은 나무가 울창한 심심산골이다. 한여름에도 에어컨과 선풍기가 없고 영상도 휴대전화도 터지지 않는 오로지 자연과 하나가 되는 마을이다.

6월 초, 오랜 세월 정을 나누며 지내는 지인들과 며칠간의 일정으로 이곳을 찾았다. 굳이 행보한 이유를 찾는다면 몇 가지가 있었다. 안내하는 책자에 쓰여 있듯, 여기는 '우리 몸을 깨끗하게 해독시켜 잘못된 습관으로 생기는 질병을 예방하고 그것을 배우고 익히는 곳' 이다. 따라서 여러 가지 건강 프로그램을 몸소 체험할 수 있고 또 한 가지는 내 몸에 대한 현주소를 알고 싶었다.

40여 년 교육계에 몸담았던 친구가 지지난해 퇴임을 했고 나 역시 일자리에서 물러난 작금(昨今), 우리는 자신을 대접한다는 마음으로 이곳을 택했다. 이 세상 누군들 열심히 살지 않는 사람이 있을까만, 세 사람 모두 이순에 들고 보니 한 번쯤은 수고했노라고 자찬을 해 주어도 좋을 터였다.

하늘의 기운과 땅의 기운이 느껴진다는 이곳은 공기가 청정했다. 약간 오르막길에 자리한 건물들은 언뜻 보아도 단순하고 현대적이다. 심신일여(心身一如), 조용히 명상하는 유르트가 있고, 사색의 길, 해맞이 길, 석양이 아름다운 길, 이름도 예쁜 숲 속을 산책하는 길이 여러 갈래 있는데 정말이지 새소리 계곡 물소리 들으며 벗들과 걷는 길은 더없이 즐거웠다. 오르다 숨이 차서 편백나무 아래 있는 평상에 누우니 그간의 묵은 피로가 모두 풀리듯 편안하다.

그동안 무엇을 먹고 살았으며 어떤 운동을 했는지 설문지가 나왔을 때 우리는 좀 당황스러웠다. 영양을 생각하고 식사를 했던가. 그리고 몸에 맞추어 적절한 운동을 하였는가. 생각해 보니 가끔 등산을 한 것뿐, 떠오르는 것이 없었다. 생활습관 검진 결과가 나왔을 때는 체지방량이 많으며 운동 부족에 약간의 비만, 그리고 골다공증이 심한 편이라고 했다. 그것은 짭짤하게 먹는 내 습관이 문제가 되었다. 소금은 몸 밖으로 배출될 때마다 칼슘을 끌고 나간단다. 그리고 그 나트륨은 골다공증을 비롯해 여러 가지 성인병을 유발하는 근원이라고 했다.

지난해 나는 뜻밖에 무릎 수술을 받았다. 간단한 레이저 시술이라고 해서 가볍게만 생각했는데 결과는 그리 만만치가 않았다. 담당 의사는 골다공증 수치가 바닥이라고 했다. 이제야 그 이유를 알 수 있을 것 같았다.

우선 싱겁게 먹는 것이 처방되었다. 반찬도 하나의 요리로 생각하고 저염식으로 만들어 먹으란다. 소금과 설탕은 꿀과 천일염으로 대신하고 식사 전에 간식 먹기를 권하는데 아기 주먹만큼 시장기만 가시게 먹어야 한단다. 밥보다는 야채를 싱겁게 조리해 많이 먹고 나이에 맞는 규칙적인 운동이 처방되었다.

들깨 우엉탕, 황태 감잣국, 연어 된장구이, 마 구이, 부드럽고 담백한 돈 수육, 청국장 고등어조림, 참나물 무침, 양배추 깻잎 초절임, 견과류 드레싱, 케일 된장죽, 그동안 먹었던 음식을 메모한 것이다. 그 밖에도 금방 구운 호밀 빵이 나왔고 싱싱한 야채는 끼니마다 나왔다.

삼 일째 되던 날, 싱거워 먹기가 어려웠던 음식이 점점 고소해진다. 이제는 식재료 고유의 맛이 그대로 느껴졌다. 음식을 먹기 시작한 지 며칠, 우리는 드디어 맛나게 식사를 할 수 있었다. 인간의 뇌는 똑똑하면서도 바보 같은 구석이 있다고 한다. 약 2주 정도

계속해서 싱겁게 먹는다면 뇌는 짜게 먹던 습관을 기억하지 못한다고 했다. 그래서 첫 시작이 어렵지 그 고비만 넘긴다면 쉽게 적응이 된다고 한다. 직접 체험을 해 보니 이해가 되었다.

인간의 수명이 길어진 것에 우리는 가끔 놀라곤 한다. 내가 일선에 뛰어들 때만 해도 오십 대 중반이면 일손을 놓으리라 계획을 했었다. 하지만 이제는 90을 바라보는 시대에 와 있으니 남은 삶을 어떻게 보낼 것인지 의견이 분분하다. 언젠가 방송에서 건강 강의를 하는 전문의의 일침이 생각난다.

"수명은 길어졌는데 지질하게 오래 살 것인가, 운동 습관, 식습관, 잘해서 나라에도 자식에게도 피해 주지 않고, 건강하게 살 것인가는 본인이 선택하는 것"이라고 했다. 그 말은 뼈가 있고 맞는 말이었다.

잡곡밥을 먹고 싱겁게 먹기 시작한 지 몇 개월, 나도 모르게 2킬로 감량되어 웃음이 나왔다. 짭짤하게 먹는 습관만 바꾸어도 이렇듯 몸이 가벼울 줄이야. 이제 나는 주변 사람들에게 싱겁게 먹자는 말을 자주 한다. 뿐만이 아니라 가끔 있는 술자리에서도 '싱겁게 먹고 건강하게 살자' 라고, 외칠 정도로 싱겁게 먹기 건강 홍보대사가 되었다.

춘란(春蘭)

지난해 생일 선물로 받은 춘란이 꽃대를 내밀었다.

"어머, 꽃이 피네."

깜짝 놀라 나도 모르게 탄성이 나왔다. 화초를 기르는 것에 자신이 없는 나는 언제나 꽃 앞에 서면 미안한 마음부터 든다. 선물을 받았을 때도 고맙다는 말은 했으나 실은 걱정이 앞섰다. 그런데 오늘 난이 꽃대를 세우고 꽃술을 쏙 내민 것이다. 가끔 물만 주었을 뿐인데 고맙다.

이른 아침 시흥 계곡을 오르는데 함박눈이 내린다. 12월 초, 늦은 감은 있지만 첫눈이다. 잣나무 가지가 눈을 이고 있고 까치는 여전히 아침 인사를 한다. 수채화가 따로 없다. 자연은 늘 이처럼 거대한 그림을 그린다. 산기슭에 있는 배드민턴구장에는 일요일이라 사람들이 많았다. 우리는 이곳을 '삼성카페' 라고도 부른다.

난롯가에서 차를 마시며 난이 꽃을 피운다는 이야기를 했다.

"여사님, 좋은 일이 생기려나 보네요. 예로부터 난 꽃이 피면 집안 경사가 생긴다고 하지 않아요."

"참, 자네는 말도 예쁘게 하네."

손아래 후배의 말을 듣고 나니 기분이 좋았다. 그래 경사라, 한번 생각을 해 본다. 올해는 유난히 자잘하게 아팠던 기억이 난다. 옳거니, 막내에게 좋은 짝이 생기려나, 언뜻 그런 생각이 떠올랐다.

집으로 돌아와 난 잎을 닦아주며 "우리 집에 피어주어 고맙구나, 그 아우님 말처럼 좋은 일이 생겼으면 좋겠네." 나는 혼자 중얼거렸다. 그러나 요즘처럼 살기 어려운 때, 어찌 내 집만 경사가 있기를 바라겠는가. 나라가 잘되기를 바라는 원을 세우고 이산저산을 찾아 기도 한다는 어느 등산가도 있는데 집집이 좋은 일들이 많이 생겼으면 좋겠다.

이해도 이십여 일, 그럭저럭 저물고 있다. 다가오는 새해에는 희망이라는 꽃이 피어 우리 국민 모두 다복(多福)했으면 하는 소망을 가져 본다.

녹음(錄音) 연습

한 평 남짓한 녹음실은 밝고 깨끗했다.

책상 위에는 녹음기가 놓여 있고 의자에 앉으니 편안하다. 헤드폰을 귀에 걸고 마이크를 조절했다. 나는 오늘 책 읽기 음성 테스트를 받으러 왔다. 이곳은 경기도 부천에 있는 점자 도서관이다. 건물 안에는 다섯 개의 녹음실이 나란히 배치되어 있다.

지난 초여름부터 벼르다가 아침에 서둘러 집을 나섰다. 얼굴이 동그랗고 안경을 낀 집사님은 기기 사용법과 녹음할 때의 유의사항을 꼼꼼하게 설명해 주었다. 유리벽 너머에서 '큐' 사인이 떨어지자 은은한 시그널 음악이 흐른다. 나는 되도록 부드럽게 천천히 읽어야겠다고 생각하며 입을 열었다.

"사단법인 사랑 선교회는 장애인 단체로서 장애인 복지 사업을 목적으로 1985년 설립되었고 각종 장애인 재활교육과 복지

사업을 통하여 장애인들이 정상적으로 사회화할 수 있도록 돕고, 그 사업의 일환으로 시각 장애인을 위한 점자 도서관을 운영하고 있습니다."

책을 읽기 전에 이곳 소개를 한다. 그리고 도서명과 지은이를 소개하고 끝으로 읽는 사람을 밝힌 다음 책 읽기를 시작한다. 종교 서적부터 시, 수필, 소설. 책은 낭독하는 사람이 선택한다. 나는 류시화님의 수필집 〈하는 호수로 떠난 여행〉에서 한 편을 골랐다. 막상 헤드폰을 타고 들리는 내 목소리는 다른 사람처럼 낯설었다. 집에서 소리 내어 여러 번 읽어 보았는데도 호흡조절이 어렵고 된 발음에서 더듬거렸다. 무엇보다 '노프라블럼' 이란 외국어에서 한참을 머뭇거리다가 녹음을 잠시 중단할 수밖에 없었다. 책장을 넘길 때는 잡음이 들어가지 않도록 주의해야 하고 목이 잠겨 오면 잠시 쉰다. 간신히 한 편을 읽고 나니 긴장해서 그런지 목이 말랐다. 영어 발음이 엉망이고 리을 발음이 분명치 않았다.

녹음 결과 목소리는 괜찮은데 속도가 느리고 너무 낮은 음성이라고 했다. 책을 읽을 때의 목소리는 도레미의 레와 미 중간 음이 좋고, 처진 음성은 듣는 이의 마음마저 처지게 할 우려가 있다고 했다. 입을 크게 벌려 발음을 정확하게 해 주어야 하고 자기 목소리 높이를 잊지 말아야 한다고도 했다. 나도 모르게 마른 침이 삼켜졌다. 과연 내가 잘할 수 있을까 하는 생각이 들었다.

"연습을 하면 누구나 할 수 있는 일이야. 내가 낭독한 책 내용을 듣고 감동을 받았다는 말을 들으면 얼마나 기분이 좋은데. 보람도 느끼고 말이야."

이곳에 살면서 여러 해 봉사를 하는 친구의 말이다.

문득문득 다른 사람을 위해 조그만 일이라도 해 보고 싶었다.

'나이 오십을 넘으면 먼 산을 보는 나이' 라고 한 임어당의 글을 읽으며 지나간 시간을 돌아보게 되었다. 나 자신을 들여다보면 특별하게 잘하는 일도 내세울 것도 없는데 내 삶 속에는 고맙고 감사한 일이 많았다. 뭔가 남을 위해 작은 일이라도 해 보고 싶었다. 어려운 이웃과 더불어 사는 사람들을 보면 가슴이 따뜻해 왔다. 그러나 이 나이에 할 수 있는 일이 있을까 고심을 하던 차에 장애인을 위해 녹음 봉사를 하는 친구가 떠올랐다. 그리하여 오늘 그 친구의 주선으로 이 자리에 선 것이다. 시각 장애인을 위한 책 읽기, 그것도 자기가 좋아하는 책을 읽으면 된다 했으니, 그간 감동으로 읽은 책을 모두 읽어 주리라 생각했는데 소리 내어 읽는 일이 뜻밖에 어려웠다.

삼십 대 후반이었을 것이다. 아이들 선생님과의 면담이 있던 날, 선생님은 내 목소리가 방송인이 되었어도 좋았을 거라고 듣기 좋은 말을 해 주었다. 어쩌다 음성이 듣기 좋다는 말도 한 번씩 듣기는 했다. 그것은 많은 사람을 대하는 직업에 오래 종사하다 보니 아무래도 음성이 트였던 것 같다. 이런저런 일로 조금은 자신 있게 도전한 것인데 서너 시간 연습했더니 목이 잠긴다. 삼사 개월은 연습 기간이 소요되리라. 차 한 잔을 마시고 일어설 때는 어둠이 내려앉고 있었다.

저녁 식사를 하고 있는데 뉴스를 전하는 앵커의 유연한 음성이 들린다. 정확한 발음과 음정, 전문직이라고는 하지만 어쩜 저리도 잘할까. 나는 감탄했다.

"속도가 느려도 엄마는 해 낼 수 있을 거예요."

막내가 응원을 해 준다. 쉬운 일이 어디 있는가, 차분히 연습하면 할 수 있겠지. 나는 다시 한 번 목소리를 다듬어 정성껏 읽는 연습을 한다. 후일 누군가 들어 줄 그 사람을 위해.

건망증(健忘症)과 나

메모한 노트를 놓고 온 것을 알았을 때는 인천행 전철에 오른 다음이었다.

오늘 볼 일이 그 작은 노트에 다 적혀있는데 난감했다. 약속 시각을 한 번 더 확인하고 전화 옆에 얌전히 두고 나온 것이다. 나는 아침부터 맥이 탁 풀렸다. 이런 날은 일진 탓을 하며 곧장 집으로 돌아가거나 일을 미루곤 하는데, 오늘 일은 어찌할 수 없는 일이어서 입안에 침이 말랐다. 궁리 끝에 직장에 있는 딸에게 전화를 했다.

"점심시간에 집에 들러서 메모한 것 좀 부탁하자."

오늘따라 시집간 딸이 옆에 사는 것도 고맙고 열쇠 하나를 딸에게 맡긴 것도 천만다행이었다. 요즘 들어 건망증이 나를 괴롭히고 있다. 깜빡깜빡 잊기를 잘해 가지고 나가야 할 물건을 현관 앞

에 놓고 그것을 발로 차고 나가면서도 잊어버린다는 친구 말에 나
는 파안대소를 한 적이 있다. 그러나 막상 오늘처럼 나도 만만찮음
을 알고 나니 웃음은커녕 어이가 없다.

얼마 전 일이다. 열 시 법회에 늦을까 서둘렀다. 몸살기가 있어
몸은 마냥 무거웠지만 한 달에 한 번 있는 기도법회라 빠질 수가
없었다. 십 분을 남겨 놓고 법당은 조용했다. 촛불을 밝히고 방석
도 펴놓았는데 웬일인지 신도님들이 한 분도 보이지 않았다. 언제
나 제일 먼저 와서 기도하시는 노(老) 보살님 모습도 보이지 않았다.
정시에 기도는 시작되었는데 뭔가 석연치 않은 느낌이 자꾸만 들었
다. 그때 달력에 표시해 놓은 것이 다른 약속이었음이 떠올랐
다. 친구들 모임 날짜를 잊을까 동그라미를 그려 놓고 그것을
초삼일 법회 날로 착각을 한 것이다. 일주일 앞당겨 온 것을 알게
된 나는 갑자기 머리가 멍해 왔다. 무엇보다도 기도하시는 스님께서
이 정신없는 신도를 알아보실까 전전긍긍이다. 그리고 내가 깔아
놓은 방석이 민망해 죽을 지경이다. 제자리에 갖다 놓고 싶은데
조용한 법당은 작은 숨소리까지도 들릴 것 같아 움직일 수가
없었다.

"스님, 기도드리고 싶은 일이 있었습니다."

"예, 잘 오셨습니다."

얼떨결에 둘러댄 거짓말을 알아보실까 민망하고 부끄러워 부리나
케 돌아왔다.

아침에 눈을 뜨면 그날 해야 할 일을 기록한다. 중요한 일이 생기
면 아예 작은 노트를 따로 마련한다. 열쇠 꾸러미를 매번 찾아서

큰아이가 현관 옆에 고리가 네 개 달린 열쇠고리를 달아 주었다. 그야말로 돌아서면 잊어버린다. 볼일이 서너 가지가 겹치면 세탁기에 빨래 엉키듯 뒤죽박죽되고 만다. 그래서 나는 아주 작은 일도 꼬박꼬박 메모를 한다.

아침에 방영되는 인생극장 제목이 마침 〈건망증 아내〉다. 동병상련(同病相憐)이라 눈여겨보았다. 31살의 두 아이 엄마인데 성격이 활발하고 좀 급한 편이다. 커피 물을 올려놓고 깜박 잊어 태워 버린 주전자가 대여섯 개다. 한창 젊은 댁도 저러는구나 하니 조금은 위안이 되었다. 외출할 일이 생겨 핸드백을 찾는데 그 아낙은 전혀 기억을 못 한다. 장롱 속 서랍 속 다 뒤집어 찾아도 없다. 집안은 벌집을 쑤셔 놓은 듯 난장판이다. 가스레인지에 냄비를 올려놓고 그것이 벌겋게 달아오르도록 잊고 있어서 불이 날 뻔했던 것이 몇 번이다. 내가 봐도 위험수위다.

전문의(專門醫)는 건망증은 나이 사십이 되면 조금씩 나타나는 증세란다. 성격이 급한 사람이나 마음이 앞서 가는 사람, 또는 모든 일을 잘해야겠다는 강박 관념이 있는 사람일수록 건망증이 심하다고 했다. 수면 부족, 긴장과 스트레스가 원인 제공을 하며 주변에서 빨리하기를 강요하면 더욱 어려워진다고 했다. 다림질하다가 전화를 받으면 하던 일을 멈추어야 하고, 두 가지 일을 한꺼번에 하지 말고 한 가지씩 해결하라고 말한다.

나도 내 생활을 점검해 본다. 건망증이 시작된다는 나이는 지났으니 어느 정도 각오는 해야 하겠다. 의사는 이러쿵저러쿵 이론을 나열하지만 그럴 때마다 '당신도 당해 보슈, 얼마나 황당한지.' 나도 모르

게 속말이 나온다. 하나 지금은 가을, 낙엽이 쌓인 계곡을 오르다
보면 쓸쓸함 속에 깃든 아름다움이 가슴으로 밀려온다. 이토록
계절을 느끼고 자연을 보듬는 감성이 아직도 남아 있으니 그것도
고마운 일이다. 세상 사람이 다 겪는 건망증은 어느 정도 각오하고
조석으로 변하는 산 빛깔 반기면서 그냥 그렇게 살아가자 마음먹
는다.

마음의 감기

우울증은 흔히 마음의 감기로 불린다.

심리학에서는 스트레스에 의한 우울증이 이 주일, 그러니까 십사 일이 지나도 호전되지 않는다면 그때부터 마음의 감기는 시작되는 거란다. 감기가 만병의 원인이 되듯이 우울증 역시 중증일 경우는 여러 가지 질병을 불러오고 자살까지도 유도하게 된다고 한다.

'절망은 죽음에 이르는 병' 이라고 덴마크의 철학자 키르케고르는 말했다. 좀 지난 이야기지만 영화 〈태극기 휘날리며〉에서 지순한 모습을 보여 주었던 미모의 탤런트나, 국가 축구 대표 선수 모(某) 양이 '엄마 미안해.' 라는 말을 남기고 죽음을 택한 사건은 놀라움을 금치 못했다. 만물이 깨어나는 이 화사한 봄 문턱에서 인생의 봄을 피워 보지도 못하고 생을 마감하고 있으니 실로 안타까운 마음 금할 길이 없다.

삶이란 때때로 절망이란 늪으로부터 초대를 받는다. 그때 한두 번 죽음을 떠올려 보지 않은 사람이 있을까. 사십 대 초, 나 역시 그 호된 감기에 걸려 몹시 아파하던 시절이 있었다. 갑작스런 환경의 변화로 고향을 떠나 서울 변두리 이곳에서 모든 것을 다시 시작했을 때, 일과 책임감이 심한 스트레스로 다가와 나에겐 별스런 증상이 나타났다. 그것은 열매든 잎이든 작은 것들이 모여 있는 것을 보면, 단숨에 뭉개 버리고 싶은 충동이 순간적으로 일었다. 심지어 책을 보다가도 포도송이가 실하게 달린 그림은 볼펜으로 빡빡 구멍이 생길 정도로 지워 버리곤 했다. 그것도 몸서리가 쳐질 만큼 강렬한 것이어서 거의 발작 증세로 이어졌다.

"언니, 정신과의사를 한번 만나 보는 것이 어떨까."

동생은 어렵게 권하고 있었다.

종로 파고다 공원 근처에 〈정동철 신경정신과〉를 찾은 것은 일주일 뒤였다. TV에서 가끔 볼 수 있는 얼굴이어서 선생님은 그리 낯설지가 않았다.

"지나친 책임감과 달라진 환경에서 오는 극도의 스트레스 증상입니다. 친구를 만나 걱정도 털어놓고 맥주도 한잔하시고 좋아하는 취미를 갖도록 하세요. 등산도 좋고 여행도 좋고 마음의 여유를 찾도록 하세요."

일 속에 자신을 가두고 있는 것이 문제라고 했다. 우선 틈틈이 하고 싶은 것들을 한 가지씩 시작해 보았다. 서예, 고전무용, 장구, 민요. 헌데 나는 동(動)적인 것이 좋았다. 땀이 흘러내릴 만큼 장구 한마당 놀고 나면 답답했던 가슴이 후련했다. 그리고 친구를 만나

수다를 떨었고 짧은 여행도 했다. 선생님 처방대로 새로운 경험은 또 다른 즐거움을 주었다. 그리고 나는 조금씩 사유의 뜰을 거닐 수 있었다. 그 어두운 터널을 빠져나오는 데는 오 년이란 긴 시간이 걸렸던 것 같다.

1983년도에 윤모촌 선생님은 〈정신과로 가야 할 사람〉이란 책을 출간하셨다.

'아침 노랫소리는 저녁 곡소리만도 못하다 했느니라.'

생전의 모촌 선생의 아버님 말씀 때문에 방송을 듣다가도 노랫소리가 나오면 스위치를 끄신다고 했다. '남들이 즐기는 노래를 노래로 듣지 못하는 내가 가야 할 곳은 정신과가 아닐까.' 하는 것이 결미(結尾) 부분이다. 글을 읽으며 증상은 다르지만 나만 이런 것은 아니었구나 하는 생각이 들었다.

인생은 미완성이란 말이 있듯 완전한 사람은 없나 보다. 처해 있는 환경으로, 아니면 유년의 환경으로 인간은 어찌할 수 없는 부분이 있는가 하면 요즘처럼 어려운 현실을 살아가야 하는 현대인들은 시시각각으로 부닥치게 되는 스트레스를 피해 갈 길이 없다. 다만, 그것을 어떻게 풀며 슬기롭게 대처할 것 인가는 각자스스로 선택해야 하는 중요한 과제라 생각한다. 운동이든 취미든 본인이 좋아하는 일을 찾아 그야말로 통쾌하게 날려 보낼 수 있는 방법 한가지쯤은 배워 익혀야 한다는 생각이다. 건강한 사람이라면 심한 감기도 며칠이면 훌훌 털어 버린다. 또한 마음이 건강한 사람은 우울증 따위는 이삼일이면 날아가 버린다. '건강한 몸에 건강한 마음이 깃든다.' 라는 말은 진부하지만 불변의 진리다.

올해 새 가족이 태어나 오랜만에 가족사진을 찍었다. 내 등 뒤로 딸들이 서 있고 사위, 그리고 손자가 웃고 있다. 막상 사진을 집에 걸고 보니 그런대로 내 몫은 했구나 하는 생각이 들었다. 그리고 아팠던 시간이 떠올라 미소가 지어진다.

창문 너머 박새 울음소리가 들린다. 며칠 전에는 건너편 산에서 딱따구리가 나무를 쪼더니, 새들이 봄 살림을 시작했나 보다. 산수유, 해당화, 아파트 주변 꽃나무들도 꽃봉오리를 내밀었고 봄바람은 한결 싱그럽다. 나는 요즘 걸음마를 막 시작한 손주 녀석 때문에 삶이 즐겁다. 이 봄이 아가 얼굴처럼 찬란하기만 하다. 초롱초롱한 눈망울, 녀석은 모든 것이 신기해 벙긋벙긋 웃는다. 오늘은 조그만 손을 잡고 봄 마중이나 가야겠다.

카페 플로라

 '플로라' 봄의 여신이란 이름으로 대학가에 카페 문을 연 지 삼 개월이 되어 간다. 아침 청소를 하고 나면 커피를 내리는데 그 은은한 향은 언제나 기분을 좋게 만든다. 금세 만들어 오는 케이크도 있고 생과일 주스도 있다. 힘든 입시 공부를 마치고 대학생이 된 풋풋한 얼굴들, 그들은 짝을 찾기에 분주하다. 이십여 명이 함께 만나는 그룹 미팅이 있고 삼삼오오 몰려와 만나는 소개팅이 있는가 하면, 이르게 짝을 찾은 연인들은 다정하게 손잡고 들어와 이야기꽃을 피우며 마냥 즐겁다.

 스무 살 남짓 되었을까, 상기된 얼굴이 막 피어난 꽃송이다. 인간도 때가 되면 짝을 찾고 둥지를 틀고 그 보금자리에서 저마다의 역사가 시작되는데, 짝 찾는 일은 인간대사(大事)라 나는 재미있어 자꾸만 눈길이 그쪽으로만 간다.

어느 해던가 늦은 여름, 경상도 문경쯤이었을 것이다. 뭉게구름이 걸린 산모롱이에 야트막하게 자리한 카페가 우리를 유혹하고 있었다. 통나무로 난간을 두른 발코니에는 넉넉한 의자가 놓여 있고 카페 문을 밀고 들어가니 단순하게 꾸며진 실내는 고즈넉한 시골 오후를 낭만으로 채워 주고 있었다. '해변의 정사' 라는 희한한 이름의 칵테일을 마시며 모처럼 여행의 즐거움을 맛보았다.

그동안 이곳저곳 우리 강산을 돌아보며 마음을 빼앗긴 카페가 어디 그곳뿐이겠는가. 아늑한 분위기에 편안한 실내, 향기 좋은 차 마시며 누구나 편히 쉬었다 가는 공간은 내 마음 한 곳에 자리 잡고 있었다. 사랑하는 사람과 와도 좋고, 좋아하는 사람들끼리 찾아와 즐거운 이야기로 담소하며 마냥 앉아 있어도 좋다. 일상이 고단할 때 요한 슈트라우스의 〈다뉴브 강의 잔물결〉이나 아니면 그리그의 〈솔베이지의 노래〉 들으며 차 한 잔에 고단함을 씻는 그런 자리, 그들을 맞이하는 내 모습을 나는 오랫동안 그려 왔었다.

윤재천 선생님의 수필집 〈구름 카페〉에는 역마살 낀 나그네가 있고 고갱의 그림도 있지만, 나는 좋은 시구 몇 점 걸어 두고 수평선이 보이는 바다 그림도 좋고 아침이슬 반짝이는 숲 속 그림도 좋았다.

15년 하던 일을 정리하고 무료하게 보낸 지 삼 년, 울적해하는 내 마음을 딸들은 알고 있었는지 무슨 일이든 다시 해야 한다고 입을 모았다. 그때 나는 카페가 떠올랐다.

큰아이가 실내 장식을 맡고, 디자인을 전공한 막내가 간판을 고안했다. 실무(實務)는 둘째와 내가 하기로 하고 준비가 시작되었다.

그러나 실내장식이 젊은 세대들의 취향으로 가고 있었다. 심플하고 모던한 분위기가 깨끗하고 단순했다. 내가 그려 왔던 카페는 사라지고 손님들과 어울려 보겠다던 꿈도 사라졌다.

"대학가에 있는 카페에 젊지도 않은 네가 있으면 오는 애들이 편하겠니? 참 꿈도 야무지다."

핀잔을 준 친구 말대로 안타깝게도 내가 할 수 있는 일은 주방일 돕는 것과 청소뿐이었다. 그래도 카운터에 자리 하나 마련했는데 아이들은 주문이 많다. 노란 머리나 빨간 머리, 기이하게 염색한 머리를 봐도 절대로 쳐다보지 말고 담배를 피워도 혹은 뽀뽀를 해도 웃지 말란다. 한동안 신경이 쓰여서 거동하기가 편치 않았다. 그러나 한두 달 지나면서 '엄마 같은 내가 좀 있기로서니 어떨라고.' 하는 생각이 슬며시 고개를 들었다. 그럭저럭 퓨전 재즈도 귀에 익어가고, 무엇보다도 우리 카페를 찾는 이들이 편히 쉬었다 간다.

"케이크 참 맛있어요."

"아, 그래요, 감사합니다."

꽃으로 치면 막 피어나는 봉오리, 계절로 치면 생기 넘치는 봄이라 순수하고 젊은 그들 덕분에 나도 조금 젊어지는 것 같다. 이제는 아늑하고 편한 자리에 앉아 책을 읽는 여유도 부린다. 그동안 과로했는지 몸살이 와서 나는 며칠 쉬고 있다.

싸리꽃이 핀 동네 산을 오르는데 다람쥐 두 마리가 전나무를 타고 이 나무에서 저 나무로 달음질친다.

"너희도 사랑놀이하니?"

나는 한 마디 던져 주고 슬며시 웃는다. 그리고 카페 '플로라'에

쌍쌍이 앉아 있을 젊은이들을 떠올리며 또 한 번 웃는다.

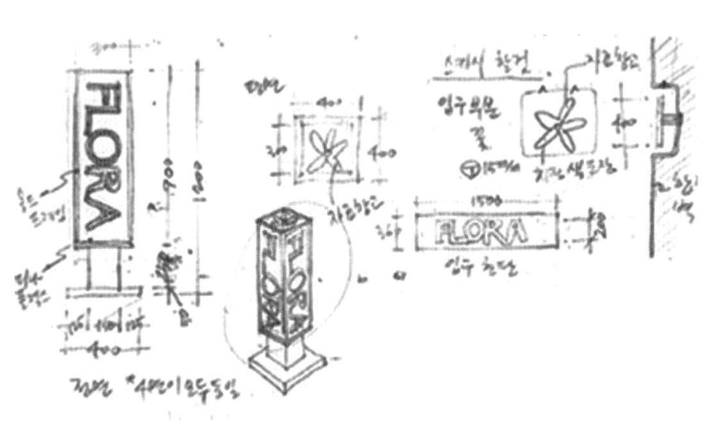

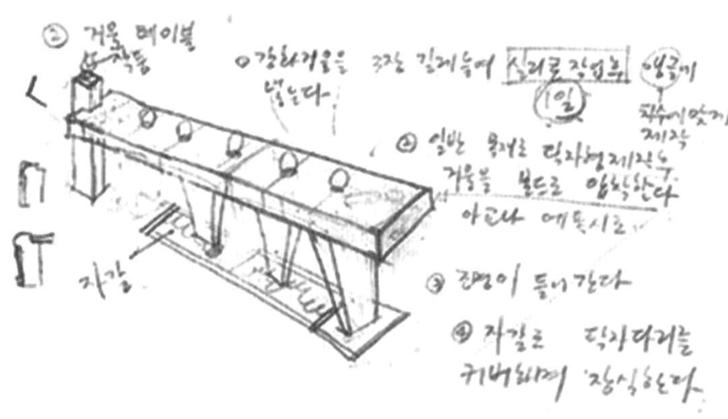

낭만의 도시 암스테르담

낭만의 도시 암스테르담

나는 지금 네덜란드 운하(運河)의 도시 암스테르담에 와 있다.

아침 햇살에 깨어나는 도시를 본다. 바닷물을 막아서 만들었다는 암스테르담은 안개에 싸여 신비스럽다. 반짝이는 물과 동화 속에 나올 듯한 예쁜 집들이 강을 따라 마주하고 서 있다. 아치형 다리가 그림처럼 놓여 있고 그 아래 조그만 나룻배들은 물길을 따라 묶여있다. 파란 하늘에 두 팔을 벌린 듯 서 있는 나무와 강가에 펼쳐진 녹음, 그런가 하면 창문마다 피어있는 화려한 꽃들, 그림에서만 보았던 이 청한(淸閑)한 풍경에 나는 잠시 도취하여 서 있었다. 그리고 이곳에서 작곡했다는 비발디의 〈사계〉 봄 1악장이 어디선가 들려오는 것 같았다.

회사 일로 출장 가는 막내를 따라오게 된 며칠간의 네덜란드여행이다. 암스테르담 중심가에 있는 에스텔지아호텔, 이 강가에 여장을 푼 것은 딸의 배려였다. 로비에서 도시의 생김을 소개하는 지도를 받아들고 나는 또 한 번 놀랐다. 지형은 우리나라 쥘부채 모양과 비슷한데 거미줄처럼 돌아가며 촘촘히 그려진 것이 모두 물길이란다. 과연 물의 나라였다.

13세기 초, 암스텔 강 하구에 댐을 만들어 조성된 도시라 하여 암스테르담이다. 165개의 운하가 흐르고 1,000개의 다리로 연결되어 있다. 암스테르담과 레크강을 연결하는 길이는 80km인데 가장 큰 뱃길이라고 했다. 네덜란드는 해수면보다 25퍼센트가 낮은 땅이라고 한다. 그래서 국명도 원어로 '낮은 땅'이다.

어느 해 겨울, 폭풍과 함께 몰아닥친 파도는 해안 지역을 덮어 제방은 무너지고 수많은 사람과 농지가 사라졌단다. 이를 계기로 댐, 제방, 수문, 운하, 건설 등을 연구하게 되었고, 그들은 세계 최고의 수리공학(水利工學) 기술을 바탕으로 한 '델타프로젝트(Delta Project)'를 운영하여 오늘날의 기적을 이루었다고 한다. 높은 파도로부터 사람을 지키기 위해 델타 지역에 7개의 댐과 방조제가 건설되었고, 현재 물 관리에 많은 돈을 들여 홍수와 생태계를 회복하는 데 쓴다. 내 짧은 생각으로는 바다보다 낮은 땅을 어떻게 이토록 멋진 도시로 만들었는지 이해가 되질 않았다. 그리고 도시 안에는 60개의 미술관과 박물관이 있어 다양한 문화를 볼 수 있다고 했다. 안내서와 설명하는 글을 딸은 꼼꼼히 읽어 주었다.

이곳 사람들은 유난히 키가 컸다. 그래서 그들은 성큼성큼 걷는다. 경쾌하고 활동적으로 보인다. 저마다의 개성 있는 패션은 멋이 흐르고 낯선 이방인에게도 눈만 맞으면 웃는다. '트램'이라는 전철이 도시 한복판을 달리고 택시가 그 뒤를 천천히 따라간다. 급한 것이 없다. 자전거를 이용하는 사람이 많은데, 도시 전체에 자전거전용도로가 따로 있다고 했다. 인형처럼 생긴 금발의 아가씨는 연인과 나란히 손을 잡고 자전거를 탄다. 거리에서 흔히 볼 수 있는 풍경은, 나이에 상관없이 어깨를 걸거나 손을 잡고 다정하게 걷는 모습이다. '빈센트 반 고흐 미술관'에서, 처음 보게 된 그림에 잠시 빠져 있기도 했지만, 머리가 하얀 노부부가 어깨를 감싸고 진지하게 감상하는 모습에 나는 더 눈길이 갔다.

네덜란드 여객기에 탑승하면서 내 머릿속에 그려진 것은 풍차였다. 이곳에서 13km 떨어진 '잔세스칸스' 풍차 마을로 딸과 나는 출발했다. 네덜란드의 전형적인 풍경을 간직한 곳이라 하더니 호수와 목조건물이 눈앞으로 다가선다. 아름답다는 표현 외에는 할 말이 없다. 카메라를 들고 아무 곳이나 촬영을 해도 그림이 되었다. 드디어 '잔 강'이 흐르는 기슭에 위용을 자랑하듯 풍차가 서 있다. 가까이 보니 날개도 높이도 엄청나다. 때마침 풍차 두 대가 돌아가고 있었다. 거대한 바람 소리를 내며 돌아가는 모습은 그야말로 위풍당당하다. 저지대의 물을 퍼 올리기도 하고 호밀과 겨자씨를 빻기도 했다는 풍차, 이 나라의 오랜 역사가 느껴졌다. 정미소 분위기가 느껴지는 풍차 내부를 구경하고 치즈를 만드는 집에 들러 한 조각 맛을 보았다. 눈부시도록 아름다운 풍광을 가슴에 담고 호텔로 돌아오는 길에 작아져 가는 풍차를 보니, 미술관에서 본 고흐의 그림 '바람 이는 풍차'가 오버랩 되었다.

선글라스를 끼고 막내딸은 운전을 한다. 나를 태우고 내비게이

션 안내를 받으며 네덜란드 땅을 거침없이 달린다. 잦은 외국 출장에 조심해서 잘 다녀오라는 당부는 했지만, 언어도 길도 이토록 능통할 줄이야.

"우리 막내, 참 멋지다."

"엄마, 이제야 아셨어요."

우리 모녀는 깔깔대며 웃었다. 오늘은 회사업무로 알게 된 미스터 얀의 집에 점심초대를 받아가는 길이다. 아침에는 비가 오더니 금세 뭉게구름이 하늘 끝자락에 걸려있다. 시원하게 뻗은 외곽도로를 한 시간 남짓 달렸다. 숲이 우거진 길을 뚫고 도착한 곳은 '린드' 라는 마을이다. 푸른 잔디가 카펫처럼 깔려있고 아담한 이층집 앞에 얀 씨 부부가 나와 있었다. 시원한 눈을 보아도 서구적 매력이 넘치는 부인과 중소기업 사장님이라는데, 얀 씨는 키도 크고 체격도 컸다. 딸의 말대로 인상이 넉넉하고 여유로워 보인다.

나를 보자마자 덥석 안는다. 순간 나는 당황해서 어색한 웃음을 지었다. 이곳 사람들은 안고 뺨에 키스까지 하는 것이 인사법이란다. 보라색 수국이 핀 꽃밭을 지나 거실로 안내되었다.

오십 대 중반인 부부는 자녀 둘을 키워 독립을 시키고 호젓하게 살고 있었다. 두툼한 한 권의 책을 내놓으며 자기네 집 역사라고 했다. 책장을 넘기자 아이의 탄생부터 오늘이 있기까지의 세월이 그대로 담겨 있었다. 흙장난하다가 잠든 모습, 상패를 받는 사진과 졸업 사진, 인상적인 것은 지금 살고 있는 이 집을 지을 때 꼬마들이 첫 삽을 뜨는 장면이다. 가족사가 한눈에 들어왔다.

점심이 끝나고 나는 차를 마시며 몇 가지 질문을 했다. 딸은 옆에서 통역을 한다.

"삶에서 가장 중요한 것은 무엇이라고 생각하시는지요?"

"사랑하는 아내와 가족입니다. 그들 없이는 아무것도 생각할 수 없어요."

부인을 끔찍이도 아끼는 분이라는 이야기는 딸을 통해 들었다. 요리를 못 하는 아내를 위해 식사 준비는 주로 얀 씨가 한다는 것과, 아침잠이 많은 아내와는 남남이 되었다가 퇴근 후에 만난다고 우스갯소리를 한다. 부부가 나누는 언어와 바라보는 눈길을 보니 신뢰와 사랑이 느껴졌다. 마치 나는 너를 위해 살고 너는 나를 위해 사는 그런 삶, 보고 있으려니 내 마음조차 행복해졌다.

암스테르담에 왔으니 꼭 크루즈 체험을 하라는 얀 씨의 권유에 해질 무렵 우리는 유람선을 탔다. 불이 켜진 암스테르담의 밤 풍경은 환성이 나올 정도로 로맨틱했다. 꽃이 가득한 노천카페에서 한잔하며 유쾌하게 웃는 사람들과 허리를 감싸고 데이트를 하는 청춘들, 강을 따라 한 시간여 야경을 감상했다. 배를 탄 사람들은 삼십여 명, 여행을 온 외국인들이다. 머리를 뒤로 넘긴 말쑥한 청년들은 이탈리아 사람이라고 했다. 그들은 칸초네 〈산타루치아〉를 멋지게 불렀다. 우리는 모두 손뼉을 쳤고 '브라보'를 외쳤다. 낭만이 흐르는 선상의 밤은 그렇게 깊어 갔다.

며칠간의 여행을 끝내고 마지막으로 들른 곳은 헤이그에 있는 마드로담이다. 이곳은 암스테르담의 명소를 소인국처럼 축소해 놓

은 곳인데, 댐을 손으로 막아 마을을 구했다는 소년 한스의 모형이
입구에 있었다. 어릴 때 그 소년의 이야기를 읽었던 기억이 났다.
네덜란드 하면 떠오르는 꽃, 튤립은 축제가 끝난 뒤여서 볼 수 없
었던 것이 아쉬웠지만, 안네 프랑크의 집, 음양의 마술사 렘브란트,
풍속화를 그린 베르메르의 그림을 국립박물관과 미술관에서 볼
수 있는 영광을 누렸다.

월드컵 4강의 신화를 만든 히딩크의 나라 네덜란드, 그들은
자유와 관용을 사랑하며 유머가 있고 친절했다.

아름답고 낭만이 흐르는 암스테르담, 나는 오래도록 이 도시를
잊지 못할 것 같다.

충청도를 찾으십시오

강남 고속버스 터미널에서 나는 청주행 버스에 오른다.

두 시간 남짓 경부고속도로를 달리다가 청주 나들목으로 빠져 시내로 들어서면 절기마다 멋진 풍광을 안겨 주는 플라타너스 터널을 만난다. 나는 그제야 '고향 땅이네!' 혼자 속말을 하며 반가움에 미소를 짓는다. 묘목을 심은 지 수십여 년이 되어 가는 이 길은 그 옛날 영화 '만추'를 찍었고 전국에서도 아름다운 도로로 이름이 나 있다. 그도 그럴 것이 거목이 된 가로수가 서로 손을 잡듯 어우러져 오가는 길손의 마음을 사로잡는다.

가을 문턱에 들어선 9월 초, 플라타너스는 아직 무성한 잎을 달고 있다. 나를 태운 버스는 초가을의 터널 속으로 천천히 들어 선다. 나는 잠시나마 한가로운 나그네 되어 가을의 낭만 속을 뚫고 간다.

일 년이면 대여섯 번 이 길을 오고 간다. 우선 부모님께서 선산 (先山)에 계시고 내가 좋아하는 벗들이 이곳에 있다. 그리고 고향 문예지 충북수필회원의 한 사람으로 자주 걸음을 하는 편이다. 오늘도 오후에 '하계(夏季)세미나' 가 있다. 그리고 행사가 끝나면 벗들과 가까운 곳으로 여행 일정이 잡혀 있다. 물안개가 피는 월악산도 좋고 모래알이 반짝이는 화양계곡도 좋고 맑은 물과 푸른 숲이 병풍처럼 펼쳐져 있는 청풍호반을 시원하게 가르는 것도 좋다. 이곳 충청도는 어디를 가도 산세가 아름다워 그림이 된다.

"어디까지 가서 유?"

"수곡동 이유."

택시를 타면 바로 듣는 사투리에 나도 답을 하는데 고종사촌 동생 집이다.

충청도 사투리는 느릿느릿하지만 유연하다. 서두르지 않고 단정하다. 말씨에서부터 점잖은 인상을 받는다. 느린 말 속에는 은인자중 (隱人自重)의 무게가 있다. 함부로 대할 수 없는 품위와 절조(節操)가 보인다. 온화하고 말꼬리를 길게 빼는 여운 속엔 참함과 평화가 깃들어 있다. 충청도 사투리는 편안하고 따스한 온기를 전해준다.

정목일 선생님 저서에서 읽은 글이다. 충청인의 정서를 표현해 준 글이어서 반가웠다.

충청도 지형을 보면 북쪽은 차령산맥이 남서쪽으로 뻗어 있고, 남동쪽은 소백산 자락이다. 서쪽을 제외하고는 분지 모양을 하고 있다. 국토의 중원권에 있어 기온이 온화하고 농토는 기름지어 인성 또한 순박하다. 예로부터 물 맑고 바람 소리 시원하여 청풍명월(淸風明月)의 고장이라 일컬었고, 한반도에서는 충청인을 양반이라 불러왔다. 그것은 무엇 때문이었을까. 이 고장에 양반이 많이 살았다는 뜻일까, 역사적으로 학술적으로 나는 확실하게는 알지 못한다. 다만 이곳에서 태어난 내가 생각하는 것은 이 지방 사람들이 대체로 모나지 않고 급히 서둘지 않으며, 격한 데 없이 또는 경망한 데 없이 행동하기 때문일 것이다. 한 마디로 말해서 그 성품과 외양이 점잖아서 오랫동안 사람들은 그렇게 불러왔다고 생각한다. 헌데 내가 요즘 와서 새삼 아쉬워하는 것이 있다면, 타지방 사람들이 우리 충청도를 의외로 이해하지 못하고 있다는 점이다. 그리하여 나는 고향 이야기를 하게 되었고 벗들과 다녀본 곳을 소개하게 되었다.

우리나라 배꼽에 해당하는 중원권 충주에는 탄금대가 있다. 신라 진흥왕 때 가야금으로 이름 높았던 우륵이 망국의 한을 달래었다는 탄금대, 지금은 그의 예술성을 살려 문화제가 해마다 화려하게 펼쳐지고 있다. 그리고 천연 온수로 유명한 수안보 온천이 근거리에 있어 여행의 피로를 풀기에 좋다. 조선의 개국 공신 정도전이 자신의 호를 삼봉이라 할 만큼 젊은 시절을 이곳에서 청유(淸遊)하였다는 도담삼봉은 단양 팔경에서도 으뜸으로, 장군봉, 첩봉, 처봉은 지금도 마주 보고 서 있다. 사력 암질 붉은 돌을 차곡차곡 쌓아서 만든 진천군 문백면 구곡리에 있는 농다리는 국내에서 가장 오래된 돌다리다. 고려 초기에 놓았다 하는데 얼마나 견고한지 유구한 세월에도 시냇물을 석교 사이로 흘려보낸다. 이 다리

위에 서면 나는 물장구를 치던 하동(夏童)들의 얼굴이 떠오른다.

세종대왕이 두 달간 머물며 눈병을 치료하였다는 청원의 초정은 유서 깊은 약수터다. 알싸하고 시원한 천연 탄산수로 지금은 음료로 제조되어 판매하고 있다. 미네랄이 풍부해서 목물을 하고 나면 피부가 아기살 처럼 보드랍다. 가까운 곳에 운보 김기창 화백의 고택이 있으니, 한번 들러 그림감상도 하고 전통 차 한 잔을 마셔도 좋다. 반야월 작사 작곡 '천등산 박달재를~' 하고 시작하는 〈울고 넘는 박달재〉는 제천 봉양읍 원박리에 있고, 과거보러 간 선비와 금봉이의 애달픈 사연이 노래와 함께 전해지고 있다.

신라 진흥왕 때 창건된 보은 속리산 법주사(法主寺)는 충청북도를 대변하는 문화재다. '부처님의 법이 머문다.'는 큰 뜻을 가진 이 절은, 세존의 사리탑을 위시하여 대웅보전, 쌍사자 석등, 희견보살상, 팔상전, 석련지 등 그야말로 수많은 문화재가 산재해 있는 보고(寶庫)이다. 입구에는 유일하게 벼슬을 가진 정이품 소나무가 자리를 지키고 있는데, 나는 언제나 희견보살상 앞에 발이 머문다. 밥그릇 모양의 커다란 용기를 머리에 이고 오로지 성불의 소원을 품고 몸과 뼈를 태우면서까지 아미타불 앞에서 향로 공양을 하는 보살을 보면 잡다한 세상사가 멀리 사라져 버린다.

이곳 충청북도는 고려, 백제, 신라 삼국의 문화를 안고 있어서 관심이 있다면 볼 것이 많다. 백제유물 전시관이 청주 신봉동에 있고 그 삼국의 자취가 남아 있는 상당산성이 시내 상당구에 있다. 둘레가 4킬로미터가 넘는 석축 산성으로 남문, 서문, 동문, 세 개의 문이 있는데 지난봄에 들렀을 때는 산나리꽃이 함초롬히 피어

성으로 오르는 길을 안내해 주었다. 그리고 성내는 전통마을이 조성되어 민속주인 대추술이 입맛을 당긴다. 그 외에도 지방마다 볼거리는 무궁무진하다.

택시를 타고 시내로 접어드니 가장행렬로 고려인들이 지나간다. 때마침 9월이면 열리는 '직지' 축제가 한창이다. 2001년 9월, 유네스코(UNESCO) 세계기록 유산으로 등재된 〈직지심체요절(直指心體要節)〉은 이곳 흥덕사에서 발간된 세계 최고(最古)의 금속 활자본이다. 고승 백운 화상이 저술한 것을 그의 제자 석찬과 달잠이 금속활자로 인쇄한 책으로 서양이 자랑하는 금속활자보다 훨씬 앞서있다고 하니 충청인의 자랑이 아닐 수 없다. 이번 행보에는 이 잔치를 구경하고 가야겠다.

고향 땅을 돌아보며 가신 님들의 발자국을 따라 역사를 배운다. 지금은 아니 계시지만 부모님을 모시고 누빈 곳도 이곳이요, 벗들과 누비는 곳도 이곳이다. 어른을 모시고 왔다고 따끈한 밥을 새로 지어 주던 식당 아주머니, 그 훈훈한 인심이 다시 떠오른다. 떼를 지어 다니는 치어(稚魚)들도 놀던 물을 좋아했으니 나서 자란 곳을 어찌 사랑하지 않을 수 있으리오.

우리는 속리산 법주사로 차를 몰았다. 어둠은 잦아들고 들꽃들은 반가워 손짓을 한다. 산나물 찬에 도토리묵, 나물을 좋아하는 것도 글을 좋아하는 것도 같으니 벗도 예사로운 벗이 아니다. 말갛게 거른 동동주 한 잔을 들고 우리는 행복해 웃는다.

청풍명월의 고장, 선조의 예지가 명멸한 복지의 땅 충청도, 내 고향 충청도를 찾으십시오.

환상의 섬
보라카이

나는 지금 하늘을 날고 있다.

나를 태운 비행기는 새하얀 구름 위를 천천히 지나간다. 손으로 잡으면 그냥 먹어도 될 것 같은 솜사탕 구름, 목화솜을 펴 놓은 듯 누우면 이내 잠이 들 것 같은 뭉게구름, 그런가 하면 남극의 눈 산을 연상케 하는 거대한 구름 산이 눈앞에 다가선다. 이 웅장한 그림들을 감상하며 마닐라 상공을 날고 있다. 지상의 천국이라고 불리는 필리핀 보라카이, 그 아름다운 섬 여행을 마치고 친구들과 귀국길에 오른 길이다.

나는 외국여행은 처음이다. 그동안 다른 나라를 구경할 만한 여유도 없었지만, 그보다도 이륙할 때 오르고 내리는 그 아득함이 어쩐지 내키지 않았다. 십여 년 전쯤이었을 것이다. 제주행 비행기를 탑승했을 때, 짧은 시간이었음에도 울렁증과 어지럼증이 뒤섞

이어 고생을 했었다. 호주와 유럽 쪽을 돌고 와서 '세상은 넓고 구경거리는 많더라.' 하는 친구도 있고, 문명의 발상지를 찾아서 그 나라마다 문화를 책으로 펴낸 사람도 있는데, 이러다간 나는 어느 한 곳도 가 보지 못할 것 같았다. 마음을 단단히 먹고 여행 준비를 했다.

저녁 8시 30분, 우리는 필리핀 비행기에 올랐다. 마닐라에 도착한 것은 늦은 밤인데 트랩에서 내리자 남국의 훈기가 느껴졌다. 손목시계를 보니 12시 30분이다. 이곳에서 하룻밤을 묵고, 보라카이 섬을 찾아가는 길은 몹시도 험난했다. 자국의 비행기를 타고 버스를 타고 배를 타고, 그리고 사람이 끄는 자전거 릭샤까지 탔다. 도착했을 땐 마치 뜨거운 태양 아래 모래사막을 걷고 걸어서 찾아낸 오아시스 같았다.

드디어 만난 에메랄드빛 바다- 하얀 백사장이 끝없이 보인다. 그림 같은 풍경이 눈앞에 펼쳐져 있다. 해안을 따라 시원하게 뻗어 있는 야자수와 수평선을 뒤로하고, 파랑, 노랑, 빨강, 원색으로 돛을 세운 요트가 바람 따라 지나간다. 나는 일렁이는 바다를 마주했다. 잔잔히 밀려오는 파도를 보니 피곤함이 한꺼번에 사라지는 것 같았다. 지구 한편에 이렇듯 경이로운 섬이 있다니, 아름다운 이국 풍경에 매료되어 한동안 서 있었다.

여행이란 또 다른 것과의 만남이라 했던가, 떠나오길 잘했다는 생각이 들었다. 휴양지를 찾아온 사람들은 나무 그늘 아래 한가로이 시간을 보내고 있었다. 일광욕하는 사람, 책을 읽는 사람, 우리도 고운 모래에 발을 묻고 야자나무 아래 앉았다.

　　오후 5시, 보라카이 해는 하루를 접으려 한다. 이윽고 황금빛 노을이 온 하늘을 물들인다. 우리는 요트를 타고 그 노을 속으로 들어갔다. 바나나 보트를 탄 십여 명의 젊은이들은 바다를 가르며 자지러질 듯 웃는다. 수심은 10m~20m 넘게 깊은데, 손을 넣으면 뭔가 잡힐 것 같다. 해안에서 멀어질수록 물빛은 초록색이다. 그 속에는 하얀색의 산호초와 청보라 빛을 띤 열대어가 무리 지어 노닐고 있다.

　　창공에 빛난 별, 물 위에 어리어…….
　　내 배는 살같이 바다를 지난다. 산 타아- 루치아- 산타-루치아-

　　누가 시작했는지, 아름다운 석양 아래 우리는 노래를 불렀고 나는 꿈속인 듯 황홀한 바다에 잠시 안겨있었다.
　　'보라카이' 는 필리핀어로 '솜 거품' 이라고 한다. 밀려오는 파도를 뜻함이다. 태평양 서쪽, 아시아 대륙을 따라서 11개의 큰 섬과 7천여 개의 작은 섬으로 되어 있는 필리핀, 지도는 나비 모양인데 이곳은 세계 10대 휴양지의 하나로 꼽히는 섬이란다. 원주민은 키가 작았다. 피부색은 조금 검은 편인데 기후 때문인가 뚱뚱한 사람은 보이지 않았다. 우리가 휴식을 취한 숙소는 휴양지답게 '파라다이스' 라는 이름을 가진 호텔이다. 아침 식사는 열대 식물과 시원하게 분수가 뿜어 나오는 정원에서 했다. 나는 망고 주스가 달콤해 좋았다. 더운 나라답게 과일 맛이 독특했다. 대추를 닮은 과일과 머루를 닮은 과일, 그리고 파인애플, 밥은 안남미(米)에 향신

료를 넣어 비벼 놓은 것과 육류는 양고기다. 맛은 괜찮은데 짠 편이었다. 열대 몬순형 기후로 일 년 내내 33도를 웃도는 날씨에 흘리는 땀을 염분으로 보충해야 한다고 했다. 식사를 도와주는 아가씨는 스무 살쯤 되었을까, 눈이 까만 미인이었다. 웃을 때는 더욱 예뻤다.

"뷰티풀." 서툰 영어 한 마디를 건넸다.

"땡큐, 살 라마 포." 그녀는 대답 했다. 그것은 '감사합니다.' 라는 말이었다. 옆 테이블에서는 간밤 도롱뇽 출현에 놀란 이야기가 화제였다. 실은 나도 침실 벽에 붙어 우는 그 소리를 들었다. 그것은 두꺼비보다도 더 둔탁한 소리를 냈다. 옆에 있는 친구는 곤하게 잠이 들었는데 깨우지도 못하고 놀라서 숨을 죽이고 있었다. 다행히 그 소리는 이내 잠잠해져서 나는 다시 잠을 청할 수 있었다. 조각배를 타고 던져 본 줄낚시와 살결이 고와진다는 진주 마사지, 우리는 이곳에서 경험할 수 있는 호사(豪奢)를 누렸다.

보라카이에서의 마지막 날은 저물어 가는 해변에서 식사를 했다. 그리고 떠나는 아쉬움과 석별의 밤을 위해 축배를 들었다. 세계 곳곳에서 온 낯선 사람들은 거침없이 눈인사를 한다. 연인과 다정하게 거니는 사람, 기타를 치며 노래하는 사람, 그리고 정열적으로 삼바 춤을 추는 사람, 남국의 밤은 깊어만 갔다.

이곳의 시장은 밤이 더 활기찼다. 중년쯤 되어 보이는 아주머니는 손수 만든 공예품을 팔고 있었다. 그중에 나는 조개껍데기로 된 목걸이 하나를 구매해 목에 걸었다.

돌아오는 날, 마닐라에서 '리잘' 이라는 공원에 들렀다. 스페인 식민지 치하에서 독립운동을 했다는 호세 리잘, 그의 이름을 딴 공원이다. 진홍색 부겐벨리아라는 꽃이 화려하게 피어 있고, 행사가 있는 날만 공연이 있다는 야외무대와 몇몇 조각상이 눈에 띄었다. 우리는 '어머니상' 이라는 조각 앞에 잠시 멈추어 섰다. 딸을 안고 있는 어머니는 하늘을 우러러보고 있고, 그 옆에 건장한 남자는 무릎을 꿇고 머리를 깊이 숙이고 있었다. 언뜻 보기엔 아들인 것 같았다. 그러나 그것은 아들이 아니라 필리핀의 모든 남자를 대신하는 남편과 아버지라고 했다. 오랜 침략으로 나라를 지키지 못한 사죄를 그렇게 하고 있었다. 그 아픔을 조각 작품으로 표현해 놓다니 비감한 마음이 들었다.

이번 여행에서 마음에 걸리는 것은 요트를 조정하던 사공도 오토바이를 운전하던 릭샤 보이도 해맑게 웃고 있었지만, 그들의 삶은 고달파 보였다. 끝까지 가방을 들어 준 사진사 아저씨에게 사진 값과 얼마간의 팁을 건네주고 우리는 작별인사를 했다.

"살 라마 포" 하며 손을 흔들자 그는 웃으며 사라졌다.

마닐라 비행장에서 인천행이 조금 지연된다는 방송이다.

"여행들 왔어요. 이곳에 왔다가 가면 돌아가서 열심히 살아야지 하는 마음이 생겨요. 우리나라같이 살기 좋은 곳이 없어요. 기후도 그렇고."

친척 하나가 이곳에 산다는 뚱뚱한 아주머니는 연신 땀을 닦으며 말을 한다. 그건 그랬다. 일정을 무사히 마치고 내 나라로 돌아간다는 것이 기뻤다.

삶이 좋았다. 나는 여행이 좋았다. 여행을 떠날 때는 따로 책을 들고 갈 필요가 없었다. 세상이 곧 책이었다. 버스 지붕과 들판과 외딴 마을은 시집이었다. 그 책을 나는 읽었다. 그리고 내 정신은 여행길 위에서 망고처럼 익어 갔다.

류시화 님의 글을 떠올리며 나는 마닐라 상공을 뒤로했다.
환상의 섬, 필리핀 보라카이— 그 초록 물빛과 온 하늘을 아름답게 물들였던 저녁노을, 그 아름다운 풍경을 나는 오래도록 기억할 것 같다.

일본 규슈 여행

단풍이 물들기 시작하는 시월, 일본 규슈지방을 다녀왔다.

규슈는 온천 여행 코스다. 크게 기대한 것은 없었지만 지금도 활발하게 작용하는 활화산을 볼 수 있었고, 어느 곳을 파도 더운물이 나오는 쿠로가와 온천(黑川溫泉)은 물이 좋았다.

"일본까지 가서 돈을 써요?"

일본을 간다니까 선배님의 바깥어른이 하시는 말이었다. 나는 딱히 할 말이 없어 웃고만 있었다. 그것도 그럴 것이, 내 어머니 생전에 그악스러웠던 일본인들의 이야기는 자주 들었던 터다. 생각면 할수록 곱지 않은 일본이다. 하지만 문화는 다르니까 그냥 온천이나 하고 둘러보자는 친구의 말에 마지못해 따라나선 길이었다.

한 시간 남짓 걸렸을까, 규슈의 관문인 후쿠오카 공항에 도착했다. 시간은 오후 세 시 반, 공항 주변은 한적한 시골 풍경이다.

이곳에서 하룻밤을 묵고 우리는 24개의 노천온천이 모여 있다는 '쿠로가와'로 향했다. 일본은 화산으로 내[川]도 검고 땅(地)도 검었다. 버스는 삼나무가 빼곡히 들어선 길을 한참 달렸다. 이내 숲이 우거진 자연 속에 온천 마을이 모습을 드러냈다.

산골을 따라 옹기종기 돌아앉은 온천장은 조금씩 특색이 있다고 했다. 우리가 선택한 이곳은 아담하고 작은 집으로 십여 명이 이용할 수 있는 곳이다. 80도의 고온으로 온천수가 쉬지 않고 뿜어 나왔다. 자연 그대로의 노천탕이다. 풍부한 유량(流量)과 따뜻한 물, 파란 하늘 아래서 새소리를 들으며 막 단풍이 들기 시작한 계곡에서의 온천은 자연에서 호흡하는 매력이 있었다.

저녁에 숙소로 돌아오니 '유카다'라는 실내 옷이 나왔다. 모양새가 일본 옷 기모노와 비슷한데 이 옷을 입어야 호텔 안에 있는 온천도 이용할 수 있고 여기서 제공되는 식사를 하러 가도 된단다. 오가는 사람들을 보니 일본인은 물론이고 피부색이 다른 외국 사람들도 하나같이 이 옷을 입었다. 우리도 어쩔 수 없이 입었는데 아래 단 폭이 좁아 잔걸음을 쳐야 했다.

"일본 여자가 따로 없네."

"얘들아, 기분이 좀 그렇다."

친구들은 한 마디씩 했다. 자국의 문화를 접해 보란 의도가 느껴지는데 딱히 표현할 수 없는 묘한 기분이 되어 우리는 금세 벗었다.

이튿날은 우비를 입고 화산이 활발하게 활동하고 있다는 아소산으로 향했다. 아소구쥬 국립공원에 있는 아소 산은 해발 1,000m

가 넘는 산이다. 도착하자 유황 냄새가 진동했다. 로프웨이를 타고 또 걸어서 십여 분, 이윽고 하얀 연기를 내뿜는 활화산이 보였다. 화구는 지금도 활동을 하고 있는데 크기가 어마어마하다. 분출하는 연기는 바람 따라 움직이며 끓고 있는 분화구가 보이는데, 온도가 높을수록 하늘색이라 하더니 비취색 액체가 보인다. 세계 최대급 칼데라(caldera) 화산이란 이름만큼 크기가 어마어마했다. 지금도 곳곳에서 화산이 작용하고 있다고 했다.

황토색 흙이 끓고 있는 가마도 지옥과 규스이케이 계곡에 걸려 있는 긴 다리, 유황이 만들어 낸다는 유노하나, 우리는 이곳저곳을 둘러보았다.

친구들이 일본 여행을 선택했을 때, 삼박사일의 일정에서 일본 문화를 얼마나 접할 수 있을까 했지만, 돌아오면서 생각해 보니 몇 가지 떠오르는 것이 있었다. 시골로 가면서 목조가옥이 보였으나 도시는 작은 아파트가 많았다. 20평에 살면 회사 중역쯤 되는 사람이 살고 있으며 잘 사는 집이라고 했다. 자동차는 소형이 주를 이루고 차들은 서행했다. 이곳에 머무는 며칠 동안은 자동차 경적 소리를 거의 듣지 못했다. 그리고 어느 곳을 다녀보아도 쓰레기 하나 눈에 띄지 않았다. 온천이 있는 계곡, 후쿠오카의 큰 도로, 상가, 구마모토 성 등, 그야말로 청결했다. 그뿐만 아니라 그들은 검소하고 친절했다.

"일본은 참 깨끗하다, 우리나라는 '쓰레기를 버리지 말자'는 교육을 초등 저학년부터 시키는데, 아이들이 실천하지를 않아. 그건 어른들이 쓰레기를 함부로 버리는 것을 보고 자라서 그렇지!"

교직에 오래 있었던 친구의 말이다. 하긴 내가 사는 동네도 쓰레기 때문에 전쟁이다. 천변(川邊)을 아름답게 가꾸어 산책하기 좋은데, 함부로 버리는 쓰레기 때문에 의자마다 주머니가 하나씩 달렸다. 궁여지책으로 나온 방책일 터이지만, 외국 사람이 보면 어떻게 생각할지 민망한 생각이 든다.

비가 자주 오는 쿠로가와 온천 마을은 햇볕이 나면 이불 말리기 바쁘단다. 언제 일어날지 모르는 지진 때문에 베란다 새시를 금하고 있는 일본, 활화산을 관광 상품으로 내놓고 있지만, 일본에 비하면 우리나라는 축복받은 땅이다. 이번 여행으로 내가 얻은 수확은 내 집이 작아도 그리 답답하게 느껴지지 않는 것이었다. 그리고 나 자신부터 쓰레기 관리를 철저히 해야겠다는 마음이 생긴다.

두 나라가 미래의 바다로 나가기엔 과거사와 영토 분쟁이라는 먹구름이 아직도 짙게 드리워 있다. 그래도 양보할 수 없는 큰 보따리는 쥐고 있되, 작은 보따리는 함께 풀어 봄 직하다.

며칠 전, 일간지에 어느 논설위원이 쓴 글이다. 세계화로 가는 글로벌 시대에 앞으로 나가야 할 길을 제시한 글이 조금 이해가 된다. 한국과 풀어야 할 문제가 많은 일본, 그럼에도 배울 점 몇 가지는 있었다.

그리운 금강산

누구의 주제런가, 높고 고운 산,

오늘에야 찾을 날 왔나, 금강산은 부른다.

　성악가 조수미의 고운 목소리를 따라 흥얼거렸던 가곡 〈그리운 금강산〉이다. 그 아름다운 산을 정해(丁亥)년 오월에 초등 동창들과 가는 길이다. 38선이라는 선을 긋고 국토가 반으로 토막이 난 지 반백 년, 봉래산, 풍악산, 개골산, 그리고 금강산, 산수가 빼어나 불리는 이름이 계절마다 다른 명산을 드디어 찾아가는 것이다. 가깝다는 이유로, 혹여 녹슨 철마가 다시 달릴 수 있는 날이 오지 않을까 기대하며 미루었던 곳이다.

　화진포 아산 휴게소에서 등록을 마치고 오후 3시경 버스는 북쪽을 향했다. 철새들만 넘나든다는 비무장지대, 군사분계선을 지나 40여 명을 태운 버스는 서서히 움직인다. 둥글게 걸쳐 있는 철조망이 보이고 소나무가 듬성듬성 서 있는 민둥산이 눈에 들어온다. 이윽고 북측 검문이다. 사람보다는 국방색 군복에 빨간 줄이 선명하게 박혀 있는 제복이 먼저 눈에 들어왔다. 순간 나는 조금 당황스러웠다.

상잔의 한국전쟁, 지금은 아니 계시지만 인민군이라면 치를 떠셨던 내 어머니가 생각났다. 그리고 비행기 소리만 들어도 공포로 고조되었던 순간들, 그 유년의 기억이 아슴아슴 살아났다. 막상 그들을 마주하고 보니 뭐라 표현하기 어려울 만큼 기분이 착잡했다. 검열하는 동안 사람들의 표정은 하나같이 굳어 있고 촬영 금지며 몇 가지 주의사항을 들었을 때는, 역시 이곳은 자유스럽지 못한 곳임을 다시 한 번 실감했다. 드문드문 엎드려 있는 집들은 마치 1960년대를 연상케 한다. 남강 다리를 건너 숙소에 들자 해는 하루를 닫으려 한다. 창문을 열어 밖을 보니 파란 바다와 해금강 호텔이 멀리 보인다. 해변은 고즈넉하다. 산과 바다 그리고 모래밭, 아무리 둘러보아도 전혀 낯설지가 않은데, 이곳이 그토록 오랜 세월 내왕이 금지되었던 북녘땅이던가, 참으로 믿기지 않았다.

적십자 주관으로 이산가족 상봉이 이루어지고 있으나 아직도 부모와 형제를 이곳에 두고 그리움으로 애가 타는 실향민이 많다. 분단이라는 현실이 새삼스럽게 느껴졌다.

고성군 온정리 – 아침 공기는 맑고 쾌청하다. 짙어 가는 녹음은 향기를 내뿜는다. 우리는 아침 식사를 서둘러 하고 비로봉 아래 있는 구룡폭포로 향했다.

"버스에서 내려서 내 손으로 흙을 만져 보았어요."

"아, 그러셨군요."

일행 중에 팔순을 넘기신 어른은 이곳이 고향이라 했다. 그 분의 얼굴에선 감회가 서렸다. 그 마음이야 오죽하겠는가. 이 땅을 밟고도 그리던 가족을 만나지 못하고 발길을 돌려야 하니 그 안타까운 심정을 짐작할 수 있었다. 수림대, 삼록수, 옥류담, 굽이굽이 비경을 감상하며 산을 오른 지 두 시간, 숨이 턱에 닿았다. 이윽고 구룡폭포에 도착했을 때 우리는 모두 환성을 질렀다.

계곡을 울리는 폭포소리와 거대하게 쏟아지는 물줄기, 그 물은 바위에 떨어져 다시 튀어 오르는데 어찌나 맑고 영롱한지 마치 옥 같은 구슬이 흩어지는 것만 같았다. 높이 74m, 그 아래 깊은 못까지는 120m, 이 거대한 폭포는 우리나라 삼대 폭포의 하나 라고 하였다. 동해의 구룡(九龍)이 유점사 53불과 싸우다 패하여 이곳에 숨었다는 전설이다. 깎아 세운 것 같은 석벽(石壁) 끝자락에 일곱 빛깔 무지개가 걸려 있다. 자연이 만들어 내는 절승(絕勝) 앞에 나는 한동안 서 있었다.

서너 해 전이지 싶다. 덕수궁미술관에서 북한 산수 전시회가 있었다. 어느 화가였는지 이름은 잊었지만 힘차게 쏟아지는 구룡폭포 앞에서 망연히 서 있었던 생각이 난다. 그림을 보며 가 슴속까지 시원했던 그 기억이 생생하다. 바로 이 장대한 폭포를 앞에 두고 화가는 붓을 들었을 것이다. 그리고 수많은 서화가의 붓끝을 떨리게 할 수밖에 없었던 그 이유를 나는 비로소 알 수 있을 것 같았다. 뿐인가, 금강산을 유람하며 이 신산(神山)의 자태에 감흥하여 시를 읊은 이가 어디 한둘인가. 그 유명한 〈흙〉의 이광수도 이곳에서 〈금강산유기(金剛山遊記)〉를 지었다.

구룡이 숨은 뒤로 소식이 끊겼으니,
천지 풍운(天地風雲)이 일없는지 오래로다.
구룡연 물결이 움직이니 기다릴까 하노라.

수수만년 아름다운 산은 변할 줄을 모른다. 선조들의 발길이 닿았던 이곳에 서 있으니, 마치 타임머신을 타고 그 옛날로 돌아간 느낌이다. 구룡폭포의 절묘한 풍광명미(風光明媚)를 가슴에 담고 내려오는데 목련관 앞에서 처녀 아이가 말을 건넨다.
"막걸리 한잔 맛보시라요. 친구분들이래요?"
함께 자란 동무들이라니까 반갑다며 생글생글 웃는다. 열여덟 살쯤 되었을까, 얼굴에서 수줍음이 배여 나왔다. 우리는 조그만 탁상에 둘러앉았다. 두부 안주에 막걸리 한 잔을 마셔 보니 어릴 때 그 맛이라, 아버지 술심부름하면서 한 모금씩 몰래 마셨던 농주 맛, 그 술을 마시며 우리는 추억 속으로 빠져들고 있었다. 이곳은 분명 수십 년의 세월을 되돌려 놓고 있었다. 골마다 옥수(玉水)가 흐르고 폐부 속까지 씻어 줄 것 같은 맑은 공기와 공해 없는 하늘은 티 없이 고왔다. 그리고 양념을 적게 넣은 음식은 개운하고 담백했다.
구룡연 코스 곳곳을 설명해주는 처녀안내원, 옥류관에서 냉면을 잘라 주던 여성 종업원, 내가 만난 이곳 여성들은 얼굴이 동글동글

한 미인들이었다. 그것도 얼굴에 전혀 손을 대지 않은 천연 미인이다. 너도나도 성형이 난무하는 시대에 신선하게 느껴졌다.

삼 일째 되던 날, 만 가지 형상을 하고 있다는 만물상은 아쉽게도 안개에 묻혀 그 모습을 보여 주지 않았다.

"다시 한 번 찾아오라고 남겨 놓은 거야. 가을에 오면 얼마나 아름답겠니."

아쉬워하는 나에게 친구는 말한다. 금강산 일만이천봉, 이 기묘한 산을 구경하려면 한 달이 걸린다 하였다. 사흘 동안 외금 강 코스를 돌아볼 수 있었던 것도 큰 기쁨이다. 우리는 훗날을 기약했다. 그때는 기차를 타고 오게 될지도 모른다는 희망을 안고 돌아 가는 버스에 올랐다. 이 땅을 떠나며 못내 서운한 것은 민간인을 전혀 만날 수 없었다는 것이었다. 먼발치에서 손을 흔들어 주는 꼬맹이와 그 아이 엄마로 보이는 젊은 아낙이 전부다.

아무리 보아도 낯설지 않은 산하(山河)요, 보고 또 보아도 낯설지 않은 얼굴들이다. 분명코 우리는 같은 민족 같은 겨레다. 언제나 자유롭게 왕래하며 이야기꽃을 피울 수 있는 날이 오려는지.

"안녕히, 다시 오라요." 확성기에서 여자 인민가수의 노래가 흘러 나왔을 때는 나도 모르게 가슴 한쪽이 짠하게 저려 왔다.

녹차밭 가는 길

"두 분이 닮았네요."

여대생쯤 되어 보이는 처녀들은 딸아이와 나를 번갈아 보며 웃는다. 꼭 집어 닮은 곳이 없는 것 같은데 얼굴이 닮았단다. 일행의 사진을 서로 찍어 주고 능선을 향해 오른다.

이곳은 전라남도 보성 녹차 밭이다. 산마다 큰골이 지어 있고 능선을 따라 가지런히 자란 녹차밭은, 꿈속인 듯 새벽안개에 싸여 있다. 근간에 채취했는지 웃자란 여린 잎이 나를 보고 웃는다.

"엄마, 이쪽에 서 보세요. 안개와 능선 구도가 멋있게 잡혀요."

"응, 그래."

나는 어색하지만 포즈를 취했다. 옆으로 비켜서서 한방, 어린애처럼 골 사이에 앉아서 한방, 이 청초한 새벽 풍경을 하나라도 더 담고 싶어 찍고 또 찍는다.

팔월 초 신문에 '자— 떠나자' 란 타이틀로 전면을 채운 녹차 밭, 그 문구는 나를 유혹했다. 끝없이 펼쳐 있는 신선한 풍경이 보고 싶었다. 마침 며칠 시간을 낼 수 있다는 큰아이와 지도를 펴 놓고 일정을 잡았다. 이튿날 동이 틀 무렵, 우리 모녀는 천 리 길 장정(長程)에 올랐다. 내심 흔쾌히 뜻을 받아 준 딸이 고맙고 처음으로 떠나는 딸애와의 여행이 기뻤다.

수원을 지나 경부고속도로 회덕분기점 휴게소에서 잠시 휴식을 취했다. 폭우가 쏟아지던 장마는 잠깐 소강상태이고 파란 하늘은 면사포 구름을 이고 있다. 운전하는 딸 어깨를 몇 번 두들겨 주고 나는 핸들을 잡았다. 그리고 호남으로 질주— 광주에 도착한 것이 오후 4시다. 전라도라 생각하니 마음이 설렌다. 고속도로를 나와 화순에 이르니 커다란 간판이 보인다.

'오메, 인자 왔소.' 간판에 쓰인 글을 보니 초행인 나를 보고 던지는 말 같아 웃음이 나왔다. 능주를 지나 보성으로 가는 길은 빨갛게 핀 백일홍이 우리를 맞아 주었다.

안개가 걷힌다. 성하(盛夏)의 강렬한 햇빛에 녹차 밭이 모습을 드러낸다. 몇만 평이나 될까, 능선 너머로 끝이 보이지 않는다. 남해의 해풍을 안고 있는 구릉지대, 다습한 기후에 잘 자란 찻잎은 윤기가 흐른다. 하늘을 향해 뻗은 삼나무가 녹차밭 사이에 서 있고, 모 광고를 찍었다는 푯말이 모퉁이에 있다.

"멋진 풍경이네요. 오길 잘했어요. 엄마."

"그래, 딴 세계 같구나."

단아하게 지어 놓은 정자에 다리를 펴고 누워 본다. 산을 뒤덮는 은은한 향기에 나도 구름처럼 어디론가 둥둥 떠가는 것만 같다. 그림을 전공한 딸은 시야에 잡히는 풍경을 스케치한다. 옆얼굴을 바라보니 오뚝한 코가 조각처럼 예쁘다. 언젠가 짝이 생기면 둘째처럼 내 곁을 떠나가겠지만, 오늘의 내 마음은 마냥 행복하다.

문 두드리는 소리에 놀라 돌아보니,
옥과 보다 좋은 신선한 차 보내왔네.
맑은 향기는 한식 전에 따 그런가,
고운 빛깔은 숲 속 이슬을 품었네.
돌솥에 물 끓는 소리 솔바람 소리인양
자기 잔에 도는 무늬 꽃망울을 토한다.

고려 후기 문신 이제현의 시다.

시음장 벽에 걸린 시구를 읽어 보고 우리는 나무로 만든 테이블에 앉았다.

"삼 분을 기다리시고, 세 번을 우려서 드세요. 녹차를 넣어서 구운 쿠키가 있습니다."

나이는 삼십 후반쯤 되었을까, 다원에서 나온 아낙인데 고운 인상이다. 딸이 따라 주는 찻잔을 두 손으로 감싸 쥐고 조금씩 음미하며 마신다. 코끝에 스미는 향이 감미롭다.

녹차는 7년이 되어야 채취를 하며 시기는 곡우 전후에 딴 것을 세작(細雀)이라 하여 최상품으로 친단다. 녹차의 맛은 쓰고 떫고 시고 짜고 단 다섯 가지의 맛인데, 이 중에 가장 먼저 닿는 맛은 쓴맛이고 오래 입 안에 남는 맛은 단맛이다. 위로는 머리를 맑게 하고 아래로는 소화를 돕는다고 아낙은 자세히 설명을 한다.

다도(茶道)는 도(道)와 통하고 자연과 하나가 되며, 예(禮)에 이르게 한다는 말이 오늘은 쉽게 이해가 된다. 차 하면 우선 커피가 떠오르고 나도 커피를 즐긴다. 그러나 이제 생각이 바뀐다. 공기 맑은 산하에서 이슬을 먹고 자란 여린 잎들, 거듭 덖어서 손이 가길 수차례, 정성만큼 향도 깊어 세 번을 우려먹으니 마음이 편안하다. 물을 붓고 여유작작하게 기다리는 침착성, 그리고 차석에서 나누는 정담, 이 다도야말로 메마른 현대인들의 감성을 촉촉하게 적셔 주지 않을까, 오늘의 이 정경(情景)을 가득 담아 작은 찻상 하나 마련하리라 마음먹는다.

"엄마, 우리 강산 참 아름답다. 자주 다녀야겠어요."

"그래, 시간이 되는 대로 다니자."

나는 딸의 손을 잡고 삼나무 숲을 나왔다. 찌는 듯 한여름 더위 속에서 마음은 초록으로 물들어 우리 모녀는 귀경길에 올랐다.

천하명산 장가계(張家界)

〈人生不渡張家界百歲豈能稱老 〉

'사람이 태어나서 장가계에 가 보지 않았다면 100세가 되어도 어찌 늙었다 할 수 있겠는가.' 라는 말이 중국에 있다. 중국 후난성 서북부에 있는 장가계, 친구들과의 여행이다. 이곳은 장씨들의 집성촌이어서 지명이 장가계라고 했다. 사월 날씨는 가랑비를 뿌린다. 중아열대 계절풍이 불고 조습(燥濕) 기후라 비가 오는 날이 많다고 한다.

오늘 기온은 16도, 바람은 시원하고 공기는 맑다. 운무에 묻혀 있는 산은 들어서는 입구부터 예사롭지 않음을 보여 준다. 고개를 젖히고 봐야 보이는 기암봉은 너무나 거대하여 보기만 해도 그 기세에 제압되고 만다. 안내서를 보니 제일 높은 봉우리가 천 미터가 넘는다고 한다. 마치 촛대를 거꾸로 꽂아 놓은 것 같은 산봉

우리는 신비를 안은 채 안개 속에서 서서히 자태를 드러낸다.

그 옛날 이곳은 바다였다고 한다. 지구의 지각운동으로 해저(海底)가 육지로 솟아올라 형성되었고, 수억만 년 동안의 침수와 자연 붕괴 등의 영향을 받아 오늘날 깊은 협곡과 석영사암(石英砂巖)으로 된 봉우리가 생겨났다고 한다. 지금은 세계자연유산으로 등재되어 천연 그대로의 모습을 지니고 있다.

우리는 버스를 타고 삼십 분 정도 산길을 올랐다. 입구를 알리는 커다란 문 위에 무릉원(武凌園)이라고 쓴 자국의 약자(略字)가 보이고, 그 문을 통과하면서 걷기 시작했다. 오르는 산은 험준했으나 사람이 다니는 길은 잘 닦여 있었다. 기기묘묘한 협곡 사이를 돌고 돌아 국가삼림공원 천자산(千字山) 정상에 도착했을 때, 너무나 깊은 협곡에 놀라고 말았다. 끝이 보이지 않는 광활한 산맥. 동, 서, 남, 3면의 바위산이 하늘을 받들고, 구름과 기암 준봉이 얼크러져 있는 형상은 마치 천군만마가 포효하며 달려오는 듯 장쾌하다. 자연이 보여주는 웅장함에 나는 말을 잃었다. 그야말로 고대의 야생 경치가 한눈에 펼쳐져 있는 것이다. 신선이 노닐었을 것 같았다. 문득 꿈을 형상화하여 그렸다는 안견의 〈몽유도원도〉가 떠올랐다. 그리고 양쯔 강 근처에 살았다는 시인 도연명, 그가 꿈꾸었던 무릉도원이 바로 이런 곳이 아니었을까. 인간이 꿈꾸는 유토피아, 한마디로 신이 준 선물이었다.

원주민 토가 족은 몇 사람만 모여도 시끄럽게 떠들어 댔다. 흔히 '호떡집에 불났다.' 라는 말은 괜한 이야기가 아니었다. 게다가 자기중심적이어서 고집불통이다. 관광을 온 외국 객들은 기다리고 있는데 운전기사가 점심을 먹는단다. 어찌 되었든 식사가 끝나야 출발을 한다고 하니 기다릴 수밖에 없었다. 헌데, 막 돌이 지났을 것 같은 아기가 엄마 품에 안겨 눈이 맞으니 방긋 웃는다. 동그란 얼굴에 미간이 넓고 전형적인 중국인 아가 얼굴이다. 나는 배낭에서 초콜릿을 꺼내 손에 쥐어 주었다. 그런데 바지 사이에서 조그만 고추가 달랑 보이는 것이 아닌가. 우리는 모두 웃음이 터졌다. 1930년대 우리나라도 아이 바짓가랑이를 터서 입혔던 시절이 있었다는데, 이곳에서 보게 되니 귀엽기도 하고 동질감이 느껴져 반가웠다. 우리말을 알아들을 리 없을 텐데 아낙은 얼른 아기를 돌려 안는다. 드디어 키가 작고 가무잡잡한 기사는 웃으며 나타났고 나는 아가에게 작별 인사를 했다.

다음 행선지는 보봉(寶峯) 호수다.

울울창창한 협곡 사이로 나를 실은 작은 배는 물살을 가른다. 청록색 호수에 산 그림자는 누워 있고, 모퉁이를 돌아서자 작은 누각 하나가 보인다. 박수를 쳐 주면 어여쁜 아가씨가 나와 노래를 불러 준다니, 배를 탄 사람들은 모두 손뼉을 쳤다. 그러자 열일곱 살쯤 되었을까, 앳된 처녀가 진분홍빛 민속 옷을 입고 나와 노래를 부른다. 중국 경극(京劇)에서나 들을 수 있는 특유의 음색이다. 고음이지만 어찌나 낭랑하고 맑은지 꾀꼬리 소리가 저럴까 싶다. 풍광에 넋을 잃고 비파 반주에 고운 노래를 들으니 여기가 천상인가, 나는 시선(詩仙)이나 된 것처럼 눈을 지그시 감고 노래 속으로 빠져들었다.

인구 13억에 국토는 우리나라 44배, 생각만 해도 어마어마하다.

땅이 넓은 만큼 수십 개의 소수 민족이 모여 살고 있다는데, 장소를 옮길 때마다 지방 사투리처럼 언어가 조금씩 다르고 옷도 달랐다.

삼 일째 되던 날, 마지막 일정으로 간 곳은 황룡 동굴이다. 동굴 하면 나는 박쥐가 살고 있는 음습한 굴이 생각나 별로 내키지 않았는데, 여기까지 왔다가 그냥 가느냐는 친구들의 핀잔에 억지로 따라나섰다. 생각했던 대로 대리석 기둥처럼 서 있는 석순들이 천장을 뚫을 듯 기세가 대단하다. 갖가지 오색 전등을 달아 인위적으로 꾸민 흔적이 역력하나 워낙 광대하여 많은 관광객을 불러들이고 있는 것이다.

중국 사람들은 자신을 '롱더 추안런(龍的傳人)'이라고 부른다. 용의 후손들이라는 뜻이다. 중국의 용은 황룡(黃龍)이며 황룡은 황허 양쯔 강이다. '그들은 시간을 뛰어넘어 기적을 만드는 사람들이며, 자신의 힘이 다하면 다음 사람이 이어갈 수 있도록 일할 줄 아는 사람들이 중국인이다.'라고 중국을 소개한 글이 떠오른다. 맞는 말이었다. 급할 것도 없지만 끊임없이 일한다. 뭉치는 힘, 그야말로 말로 표현하기 어렵다. 엄청난 대지와 자원, 세계로 달려가는 용의 자손들, 중화민국(中華民國). 이름답게 그들의 자존심 또한 대단하다.

돌아오는 날, 아침을 먹으며 친구들에게 물었다.

"이번 여행에서 가장 좋았던 것이 뭐야?"

"황룡 동굴, 억만년 쌓인 석순들, 굉장해서 말이야."

"땅도 넓고 자원도 많은데, 민간인들 사는 것은 좀 고단해 보이는구나."

"신선이 살았을 것 같은 장가계 풍경." 저마다 한마디씩 했다.

"그렇구나, 나는 보봉 호수, 그 비췻빛 맑은 호수에서 고운 목소리로 노래를 불러 주던 원주민 아가씨."

친구들은 나를 보고 웃는다. 내 풍류 끼를 잘 알고 있었으므로.

가 보고 싶은 나라
핀란드 (FINLAND)

핀란드의 수도 헬싱키에서 기차는 북쪽을 향해 달린다. 30분 달리다 보면 플랫폼에 '예르벤페'라는 표지가 나타난다. 이곳은 핀란드 전체가 국부(國父)처럼 떠받들었던, 작곡가 '얀 시벨리우스'가 반평생을 살았던 집 '아이누라'이다. 이 세상 모든 작곡가들을 통틀어서, 시벨리우스만큼 국가적인 영웅 대접을 받았던 음악가도 없었다. 당시 핀란드는 국호는 가지고 있었으나 러시아 제국의 속국이었다. 조국의 불행한 상황에서 민족의식을 고취(鼓吹)하는 음악을 작곡하게 되고 핀란드가 독립했을 때, 가장 먼저 추앙받던 예술가가 시벨리우스였다. 정부는 숲으로 둘러싸여 아름다운 이곳 예르벤페'에 그의 거처를 아담하게 지어주고, 종신 연금을 받는 특혜를 주었으며, 평생 걱정 없이 작곡에만 전념하도록 해 주었다. 더욱 놀라운 것은 이 집 반경 몇

킬로미터에 걸쳐서 자동차의 경적을 금하고 서행하도록 표지판을
세운 것이었다.

요즘 읽은 음악 서적 박종호의 〈내가 좋아하는 클래식〉에서
발췌한 내용이다. 나라의 아버지란 수식어가 붙은 작곡가 얀 시벨
리우스(1865- 1957), 그가 남긴 업적이 대단했다는 것은 금세 알 수 있
었다. 하지만 음악가를 그토록 우대하고 배려해 준 핀란드가 나는
궁금해졌다. 그리고 2003년부터 국가 경쟁력 세계 1위, 투명성도
세계 1위, 범죄율은 세계 최저이며, 국민 스스로 이 나라에 태어난
것을 로또 복권에 당첨된 것처럼 즐거워한다는 기사를 어느 일간
지에서 읽고, 핀란드에 대한 나의 궁금증은 더해졌다.
  핀란드는 1917년 12월에 독립공화국으로 선포되었다. 유럽에서
가장 동쪽에 있는 나라이며, 국토의 70퍼센트 이상이 숲으로 덮여
있다. 인구는 약 525만 명, 주요 생산 작물은 보리와 귀리이고
유난히 호수가 많아 핀란드를 '수십만 개의 호수의 땅' 이라고 했다.
3월이면 봄이 오는 것은 우리나라 절기와 같으나, 5월에 눈이 녹고
6월이면 다양한 꽃들이 피어난다.
  핀란드 북부 로바니미에서는 5월 중순부터 7월 말까지 낮이
계속되어, 그곳은 한밤중에 태양이 뜨는 백야의 땅이다. 하지만
중부와 남부는 짧게나마 해가 지평선 아래로 넘어가는데, 그
순간은 하늘이 제일 아름다운 색을 보여 준다고 했다. 9월이면
잎들은 갈색으로 물들고 10월이면 첫눈이 내린다. 쌓인 눈은

다음해 3월까지 쌓여 있는데 겨울은 여섯 달, 참 긴 편이다. 그래서 그들은 해마다 봄을 맞이하는 축제가 성대하게 열린다. 그리고 국민성은 놀라울 정도로 양심적이며 근면하다. 사람들은 침묵 속에서 편안함을 느끼는데, 이곳의 자연환경이 워낙 고요한 데서 오는 것 같다고 했다. 썸머 코티지(summer cottage)는 핀란드 사람들이 선호하는 여름용 별장이다. 전세를 살아도 조그만 별장은 가지고 있으며, 그들은 가족과 함께 주말을 호수와 숲이 있는 자연에서 즐긴다. 앞서 간 사람이 쓰레기를 흘렸으면 다음 사람이 그것을 꼭 줍는다고 하니, 환경을 아끼는 마음 또한 각별하다.

핀란드는 무엇보다도 교육의 강국이다. 조세(租稅)를 재원으로 초중고는 물론, 대학원까지 무료이며, 교재와 식비, 교통비까지 지원받는다. 그뿐만이 아니라 아이의 특기와 적성을 찾아 교육받을 수 있도록 하는 것도 국가가 나서서 하며, 아이들은 자기가 좋아하는 과목을 즐겁게 공부한다. 또한 핀란드 정부는 그 아이를 인재로 키워 다시 적소에 배치하는 것이다. 교육정책이 그야말로 아이의 개성을 존중하는 맞춤형 교육이다. '아이를 낳으면 국가가 책임을 진다' 는 말은 헛말이 아니었다.

서너 달 핀란드를 들여다보며 느낀 것은 나라를 사랑하는 국민의 마음이었다. 그리고 특히 시선을 끄는 대목은 나라 안에서 어떤 문제가 발생하면 정부는 대책 마련을 위해 각계 전문가들을 모아서 답을 찾는다. 그 모임 이름이 '워킹그룹' 이다.

몇 날 며칠이 걸려도 충분히 토론한 후에 합리적인 의견을 수렴하여 결론을 얻는다. 그런 과정을 거쳐 결정된 사항에는 정

치권의 입김도 이해집단의 압력도 상관없이 번복되지 않고 시행
된다고 한다.

정치에 문외한인 나도 가끔 난투극으로 가는 국회를 볼 때마다
안타까운 마음을 금치 못했는데, 우리나라도 이런 제도를 도입하
면 어떨까 하는 생각을 해 본다. 소득에 따라 부과되는 높은 세금
은 정부활동 공개법이 있어 정부가 하는 일이 궁금하다면 누구나
자유롭게 자료를 열람할 수 있도록 해 놓았다. 유럽은 인간 중심의
'휴머니즘(humanism)' 사회라고 하더니 핀란드도 예외는 아니었다.
노인복지는 물론, 노약자와 장애인을 위한 시설도 편리하게 잘 되
어 있었다. 유모차에 아기를 태우고 대중교통을 이용해도 전혀
불편한 것이 없다.

노인 정책만 해도 핀란드는 1999년부터 시작했다. 개인마다
그간의 경력을 활용하여 재교육과 취업 알선 등 다시 일 할 수
있는 여건을 정부가 만들어 주고 있다. 그것은 노인과 사회를
더욱 건강하게 만들고 있는 것이다. 그리고 핀란드는 국민 누구에
게나 같은 혜택을 주는 평등주의 정책이다. 그 나라 국민들이 왜
그토록 행복해 하는지 조금은 알 것 같았다.

예술가를 우대해 주는 나라, 교육을 책임지며 아이를 인재로
키워 내는 나라, 공평(公平)한 삶과 정부에 대한 신뢰, 본인이 선택한
분야에서 그들은 열심히 일하며 즐겁게 살고 있는 것이다.

요즘 우리나라도 복지제도가 나날이 좋아지고 있다. 육아 보조금,
치매노인 요양비, 독거노인 생활 보조금, 노인 일자리 창출, 그 외에
소외층을 위해 다양한 프로그램이 만들어지고 있다. 우리도

언젠가 핀란드 국민처럼 살기 좋은 세상이 오리라 믿는다. 가진 것
이 별로 없으니 세금 낼 걱정은 하지 않았지만, 어쩌다 내는 세금
을 아까워하지 말아야겠구나 하는 생각을 한다. 숲과 대지, 호수
와 바다, 그리고 산타클로스의 고향 핀란드는 언젠가 한 번쯤은
가 보고 싶은 나라이다.

남순자 수필집

바람 소리 들어봐